幽女出没的地方

[日] 松田青子 著　陈晓淇 译

おばちゃんたちのいるところ

Where The Wild Ladies Are

九州出版社
JIUZHOUPRESS

目　录

毛发的力量

我是一个可爱的女人。

我是一个可爱且体贴的女人。

我是一个可爱、体贴且性感的女人。

我是一个可爱、体贴、性感且温柔的女人。

我是……

"好了，右边好了，接下来是左边哦。"负责给我脱毛的女服务员的声音突然在我耳边响起时，我还没有反应过来，几乎是下意识、习惯性地回应了一声：

"啊，是吗？谢谢。"

我胸前裹着一条浴巾，平躺在床上。我的目光跟随着服务员，头也随着她的移动转到了左边，看着她调整机器。机器随即发出嘀嗒的声音。一直盯着她也不好，我暗想。

于是我仰起头，开始盯着天花板发呆。左手手臂处传来一阵微弱的疼痛，就像趴在桌上久了之后，手腕发麻时产生的刺疼。这点痛不算什么。

机器又响了起来，嘀嗒。

　　我是一个可爱、体贴、性感且温柔的女人。

　　而且我在穿搭上也有自己独特的品位。

　　我是一个可爱、体贴、性感且温柔的女人。

　　而且我在穿搭上也有自己独特的品位。

　　不只是衣服，我在家居和摆饰的搭配上也有自己独特的品位。

　　我是一个可爱、体贴、性感且温柔的女人。

　　而且我在穿搭上也有自己独特的品位。

　　不只是衣服，我在家居和摆饰的搭配上也有自己独特的品位。

　　此外，我还特别擅长料理。

嘀嗒，嘀嗒。随着嘀嗒声的节奏，我在脑海中不断罗列着自己作为女性所具有的魅力。仿佛工厂里的黄桃罐头一般，它们被源源不断地生产出来。虽然准确来说，这只是理想中的我，也就是未来的我所具有的魅力。

      我是一个可爱、体贴、性感且温柔的女人。

      而且我在穿搭上也有自己独特的品位。

      不只是衣服，我在家居和摆饰的搭配上也有自己
独特的品位。

      此外，我还特别擅长料理。

      心血来潮时，做些精致的糕点也不在话下。

嘀嗒，嘀嗒。

      我是一个可爱、体贴、性感且温柔的女人。

      而且我在穿搭上也有自己独特的品位。

      不只是衣服，我在家居和摆饰的搭配上也有自己
独特的品位。

      此外，我还特别擅长料理。

      心血来潮时，做些精致的糕点也不在话下。

嘀嗒，嘀嗒。

　　我是一个可爱、体贴、性感且温柔的女人。

　　并且我在穿搭上也有自己独特的品位。

　　不只是衣服，我在家居和摆饰的搭配上也有自己
独特的品位。

　　此外，我还特别擅长料理。

　　心血来潮时，做些精致的糕点也不在话下。

　　谁见了我都会对我心生好感。

　　我还有着吹弹可破的光滑肌肤。

　　我是……

　　"好了，脱好了。待会儿还要冰敷一下手术部位，您
稍等。"

　　服务员的妆容十分精致，但略显老气。她涂着裸色口
红的嘴唇呈弓形，很薄，此刻正冲我大大地张开着。笑
口常开福常在，笑笑福气到。不知为何，我脑海中突然
浮现出这两句话，这两句像是在哪儿听到或是读到过的
民间谚语。

　　服务员排列得整整齐齐的牙齿，以白色为基调、泛着
微妙青色的工作服，装饰在房间一角的盆栽绿植，一首曲
调悲伤的不知名背景音乐，位于大楼一层昏暗的脱毛美容

室，这些信息在我脑海里不停地打着转。这时，我突然想起自己三天前刚烫过的头发。它现在正被可怜兮兮地夹在我的后脑勺和床上铺着的浴巾中间。它会不会已经被压得不成形了？想到这里，我不由得稍稍抬起后脑勺，把手插过去，想确认头发是否被压变形了。果不其然，它已然被压平，还带着点温热，触感犹如婴儿的头发一般细软。

脱毛结束后商场还在营业，于是我顺路去了趟商场一楼的化妆品柜台，逛了逛这一季新出的彩妆。接着还去了迪安与德鲁卡[1]，挑了几盒昂贵的熟食小菜去结了账。我想到自己没有买主食，又专程去烘焙店精心挑选了一根法棍。我沉浸在对自己的欣赏之中，心情愉快地乘上了电车。

苹果手机的"正在播放"显示的是一首欧美女明星的歌。尽管不知道歌词的大意，但歌手的声音十分温柔，曲调又很动听，于是我自作主张地认为这是首爱情歌曲。我低头看了看手机屏幕，显示的唱片封面是女歌手的照片：她一头长长的金发闪耀着光泽，仿佛妖精一样诱人。为什么我不能跟她一样，有着与生俱来的金色头发呢？我盯着

1　迪安与德鲁卡（Dean & DeLuca），一家发源于美国的高档食品杂货店，在东京、新加坡、首尔、曼谷、马尼拉等地均有分店。在日本，大部分店内都至少会配一个咖啡区，让顾客可以在购买后休憩和享用简餐。——译者注（如无特殊说明，本书脚注均为译者注）

电车对面窗户上的倒影中漆黑的头发。下辈子，我一定要当一个金发女郎。然后我一定要找个金发美少年，每天听他说"Hello"（你好），最后与他坠入爱河。那样，我的每一天都将被美好的事物包围。周围的所有事物都将变得无比美好，光是看着它们就会令人雀跃不已，仿佛连心脏都会跟着它们一起闪闪发光。唯一令人遗憾的，或许就是它们太多了，我将幸福得苦恼。啊，我该多么幸福啊。

　　我轻巧地穿过商店街。超市里卖的熟食，现在肯定都贴上了打折贴纸。满脸皱纹的老爷爷和满脸皱纹的老奶奶守着的和果子店，也到该拉下卷帘门的时候了。那家无人光顾、店主大叔总靠在窗边读报纸的理发店，门外贴着的几张慈善活动的海报，已经破破烂烂的，快要随风垂落了。这些都被我华丽地无视了，这可不是我理想的场景。

　　门铃响了。我刚回到自己家，是一间位于钢筋结构的三层公寓楼二层的1k[1]房间。正当我在昂贵的北欧风桌子上摆好从迪安与德鲁卡买回的配菜，将从茑屋音像店租来的米歇尔·威廉姆斯[2]出演的电影DVD插入机器，一切都准

1　1k，指1 room和1 kitchen，即厨房和卧室隔开的布局，通常为单身公寓。

2　米歇尔·威廉姆斯（Michelle Williams，1980— ），美国演员，多次入围奥斯卡金像奖。

备就绪时，门铃突然响了。

我脑海中立刻浮现出一个个独居女孩遇害的案件。大不了就假装家里没人。我暗暗下定了决心，然后蹑手蹑脚地走向玄关，把脸贴在门上，透过猫眼向外面看去。我只看到了门外空荡荡的走廊。那里空无一人。

门铃又一次响起。对方是谁？是推销员？是骗子？是小偷？是强奸犯？是强奸犯？是强奸犯？是强奸犯？各种各样的可怕猜想在我脑海中疯狂地旋转着。如果对方正贴着门站在猫眼的死角，那我透过猫眼也看不见他。想到这个可能性，我不禁深吸了一口气，鼓起勇气猛地打开了门。

站在门外的是阿姨。

"阿……阿姨？"

"哎呀，你怎么回事？脸色这么难看。"

阿姨眯起眼睛，上下打量了我一番，越过我进了家门。阿姨在玄关门口，在我排列得整整齐齐的单鞋和芭蕾鞋上，大大咧咧地踢下了她的凉鞋。在我排列得整整齐齐的法比奥[1]单鞋和丽派朵[2]芭蕾鞋上，阿姨踢下了她不知道从哪个地摊买的凉鞋！她大声抱怨着"玄关怎么这么小！"便肆

---

1 法比奥（Fabio Rusconi），意大利女鞋品牌，主要在日本和欧洲售卖，品牌风格为古典与现代的融合。
2 丽派朵（Repetto），法国顶级时装芭蕾鞋品牌。

无忌惮地走进了我的房间。

"你瞧你的站相。也是,你从小就这样。挺直!"她经过我身边时,还在我后背轻轻地拍了一下。我不由得倒吸一口冷气,挺直了脊背。手足无措间,我只能瞪大眼睛望着阿姨脱下的凉鞋,盯着凉鞋脚后跟处踩出来的褶皱发呆。在我身后,阿姨又抱怨了一句:"走廊怎么也这么窄!"

"你妈也一样,从小站没站相、坐没坐相。那样子啊,看着就沉闷!我啊,每次都要提醒她站直了,有时候还会帮她把肩膀掰正。有我看着的时候还好,一转头,她又回到原来的模样了!要知道,一个人性格好不好,看站相就能看出来!哎,那东西看起来味道可以啊。"

阿姨一屁股坐在了我的椅子上。桌椅是配套的,桌子上摆着我精心搭配好的晚餐。椅子突然承受比以前重得多的负担,忍不住发出了一声悲鸣。我只好眼睁睁看着阿姨用食指在我的配菜里戳了一个洞,然后舔了舔自己的手指。我的脑子超负荷地运转着,眼睛直勾勾地盯着配菜上的洞,身体却因为害怕而无法动弹。阿姨对此毫不关心,自说自话地享受起食物来,甚至还自作主张播放起了电影。

漂亮的人不愧就是漂亮,像米歇尔这样漂亮的人,连手臂上的汗毛也是漂亮的。电影中的米歇尔,手臂上的汗毛在阳光的照耀下闪闪发亮。此时，我脑中冒出一个不合时宜的念头：原来外国人是不用脱毛的啊，真好。

"热死了。热得我喉咙都有点渴了。你这里有喝的没？"

阿姨一下又一下地拉着自己的衣领，仿佛觉得很热。她的毛衣上缝着一个由紫色和金色塑料亮片拼成的老虎图案。透过不断拉动的领口，还能瞥见里面泛灰的吊带内衣。她这一身好像都是在伊藤洋华堂[1]买的便宜货。

阿姨的目光追随着我，看着我打开冰箱，发出了一声嗤笑。"你那冰箱也太小了吧。那么小的冰箱能装下什么东西？"

"家里只有cide（苹果酒），您请。"

"什么德不德，要装ladle（汤勺）的亲戚吗？不是，我说你啊，你这里连罐普通的酒都没有吗？"她从我手里接过酒瓶，又皱起眉头，"装在这么窄的瓶子里，喝了跟没喝一样。"

一口喝光了瓶中的酒之后，阿姨的脸上第一次浮现出笑容。"味道不错。"

---

1 伊藤洋华堂（Ito Yokado），日本主要零售企业之一，在日本各地均经营了百货公司，曾是世界著名便利店7-Eleven的母公司。

　　这之后，我莫名其妙地跟阿姨坐在一起吃完了晚饭，还一起看完了电影。

　　（"这味道挺不错的啊！""迪安与德鲁卡买的，能不好吃吗？""什么德不德，听不懂听不懂。"）

　　阿姨心不在焉地看着电影，偶尔还会打量两眼我的房间。她仿佛对电影没太大兴趣，但是当电影播放到米歇尔和其他演员去室内游泳馆，赤裸着身子洗澡的场景时，她开口说话了：

　　"我说，我一直想不通一件事。他们外国人啊，明明手臂和腿上的毛发都是浅色的，但那里的毛发却跟我们一样，是深色的嘛。你看啊，就那个人，你也认识的，那个珍妮[1]小姐，来日本教过英语的那个。虽然现在回美国了……不对，好像是澳大利亚？我跟她一起去伊豆泡温泉时，就在想这件事了。"

　　的确，电影里的女性只有那里的毛发是深色的，十分显眼。她们别处的毛发却都是浅色的，这更让人好奇了。

　　"真的哎。"

　　"有人说眉毛和那里的毛发是一样的颜色。但我看不

1　珍妮·杰克逊（Janet Jackson，1966 — ）美国流行乐坛女歌手及演员。在20世纪90年代与麦当娜、惠特妮·休斯顿、玛丽亚·凯莉并称为"四大天后"。

像。我想啊，那里是最需要坚守的地方，力尽往那处使了，所以那儿的颜色才深吧。"

"嗯……可能吧。"

"哎呀，你害羞个什么劲啊。你那儿也长了毛，你也有发言权的呀。别害羞呀，大方发表你的意见呀。"

阿姨情绪高涨，砰砰地敲着桌子。我无意应答，一心往嘴里送恺撒沙拉。

正片结束后，屏幕上只滚动着片尾的演职员表。我按下暂停键，像大事告成一般松了口气，将右手手肘抵在桌面，手背托着下巴，趴在桌子上。这时，阿姨突然开口："好了，电影也看完了，也该说正事了。你今天做了什么？你自己说一说吧。"

"啊？"我一脸疑惑，盯着阿姨的脸。那是一张布满皱纹的脸。

"啊什么啊。你做的事，你自己不清楚吗？你在削弱自己毛发的力量啊！"

"什么毛发的力量？"

"我急急忙忙赶过来，一看，不得了。你瞧瞧你，这房间啊，哪哪儿瞧着都让人汗毛倒竖。而且你房间里哪儿来的这么多粉色的小东西？你自己都没感觉吗？这些东西跟你房间是两种风格啊。"

阿姨把自己背后靠着的粉色抱枕拿到了身前。仿佛它是什么脏东西一般，她一脸嫌弃地用三根手指捏着抱枕一角，将它提到了眼前。

"你懂什么！粉色是招桃花的！"被阿姨戳中了痛处后，为了掩饰心虚，我大声反驳道，双手紧紧地握着拳，仿佛是想藏起自己做的粉色指甲。

"那招来的得是多厉害的桃花啊。看见你一脸焦躁的样子，还能不被吓跑？！"阿姨摆出十分夸张的惊讶表情，"还有你说话的神态，装模作样的。好好说话不行吗？"

"我没有！人家本来说话就是这个样子！"

"哟，'人家'，听得我一身鸡皮疙瘩。"

阿姨和我大眼瞪小眼。

"怎么，想假装自己现在过得很好啊？'虽然刚被男友甩了，但是我很坚强，我一个人也过得很好呢。'你那小心思阿姨我早就看穿了！刚刚给我开门的时候，你是不是还期待门外站着的是你男友啊？不好意思啊，门外站着的是阿姨我。男友出轨了，你还没发现。真可怜真可怜。阿姨都看得清清楚楚的呀！你这个傻孩子，真的傻到家了，被蒙在鼓里。"

　　阿姨的话如同机关枪一般扫射着，很快就穿透了我脆弱的伪装。她冷酷无情地打开了我内心的潘多拉之盒。我眼前一片漆黑，仿佛全身的血液都流失殆尽了。

　　"然后呢？是想改头换面，变成个大美女让他后悔吗？哦，所以才又是去美容院的，又是去买衣服的，又是去看化妆品的呀！你这些心思，我一眼就能看穿呀！真是个可怜虫。"

　　阿姨笑了起来。

　　"你到底是什么意思？突然闯进别人家里，还对别人的生活指手画脚。我跟你说，一开始我还想着你都那样了，得照顾你的情绪，就没有反驳你。既然你这么不客气，那就别怪我不留情面了。你听好了啊。"

　　我猛地站起身，摆出一副即将反击的姿态。阿姨也一脸"你爱说就说啊"的表情，哼了一声，便把脸撇向了一边。

　　"阿姨，你早就死透了吧？都过去一年了嘞，你上吊自杀的时候，把我们这群亲戚都吓得不轻嘞。你的尸体还是小茂从大学回来后发现的嘞。现在他好不容易才从打击中振作起来。阿姨你知道吗，你是你儿子的心理阴影了！你要显灵就去你儿子家显！来我家干什么？！"

我一口气把想到的话都吐了个干净。见我暂时没什么能说的了，阿姨才皱了皱鼻子，摆摆手，不慌不忙地接过我的话：

"啊，你说那件事啊。小茂是个好孩子，他不会有事的。这一年来，他来我的坟头好几次了。他这个傻孩子啊，有这个时间来看我这种老阿姨，不如出去交一两个女朋友。他啊，每次还特意带上我爱吃的东西，阿姨眼泪都要流下来了。你下次见到他，帮我跟他说一声，之后啊，就别这么来看我啦。"

"这么残忍的话，我怎么说得出口。"我惊慌失色，下意识地想找个物体依靠。但我连该怎么坐下都忘记了，最后只得扶着桌子勉强坐到了椅子上。椅子的支撑让我有了继续追问下去的勇气。

"阿姨，你到底是为什么死的？"这个疑问盘桓在我心中已久，但我一直问不出口。毕竟阿姨已经去世了。

阿姨突然摆出一副深沉的表情，让我先去拿点甜点来吃。我不情不愿地端来了红茶和珍藏的曲奇饼干，阿姨分别品了一口，确定这两样合她的口味，才露出了满足的神情，开始回忆起来。

"那时候啊，我觉得一切都无所谓了。你可能已经知道了吧。阿姨我啊，是某个人的外室。说是某个人，其实就是小茂他爸爸。听起来是不是很像狗血爱情剧？遇到他的时候，我才二十多岁。当时一见到他，我就知道，他是我梦中的那个人。但当时他有他大好的前程呀。哪怕是这样，哪怕过了三十多年，我也一直觉得自己是个幸福的女人。

"可是你知道吗？他那天是这么跟我说的：'我们差不多该断了吧。'他说，'这些年，你要买房，我也买给你了。你想当酒吧女老板，我也让你当了。生活费我也不是说下个月就不给你了，但我们，差不多到此为止吧。'这居然是从他嘴里说出来的话！一副你看我是不是对你很大方、很体贴的口气！现在想起来，我心里还恼火得很！！"

她对此记忆鲜明，仿佛就发生在昨天一样。她越说越生气。

"所以我一气之下就上吊了。但没过多久，我就后悔了。那时候，我以为上吊是对他最大的报复。但我错了。是我的错。我真是个傻女人，真的。"

阿姨看向窗外，凝望着远处的天空，愣愣的似乎在回想着什么。她仿佛试图通过讲述厘清自己的思绪：自己究竟是从哪一步开始做错了的，又或者是从哪一刻开始，有了重新振作起来的念头的？

我看着阿姨的脸。透过这张脸，我似乎重又看见她还在当酒吧女老板时的样子。尽管阿姨经营的酒吧并不高级，上班时穿的服装也不像和服这样庄重正式，但无论何时，她妆容都十分精致，对自己的服装搭配也十分严苛。那时的她，无论何时唇上都涂着鲜艳饱满的口红，也绝不允许自己穿着这种从廉价百货商店里买来的服装。我怔怔地看着现在的阿姨。她仿佛已经用完了全身的力气，如同燃尽了的蜡烛一般。就在此时，阿姨突然换了副神情，转过头一脸凌厉地看向我，把我吓了一跳。

"你还记得那次吗？你和你妈妈跟我，我们三个人一起去看歌舞伎[1]的时候。你那时还在上小学。两场剧之间，你还吃了便当。那时候的便当真是又好看又好吃呀。那场剧你还记得吗？《娘道成寺》。"

"《娘道成寺》？讲什么的？"

"讲清姬的。清姬被自己喜欢的男人背叛，化身成蛇潜入那个男人所在的寺庙跳舞的场景，你还记得吗？那时候你可激动了，现在却忘得一干二净。真是个小没良心的。"

被阿姨这么嘲笑，我有些不甘心。于是我拼命在脑海

1　歌舞伎，日本传统表演艺术，被联合国教科文组织列为非物质文化遗产。现代歌舞伎演员均为男性。

中搜索着关于小时候看的那场歌舞伎的记忆的蛛丝马迹。但由于时间过于久远，我只能回想起自己与歌舞伎伴奏音乐一同摇摆的一小个记忆片段。

那时候，我还是个小学生，根本听不懂歌舞伎台词。说实话，我甚至觉得，歌舞伎台词和我使用的语言属于两个不同的语种。虽然最开始的那场剧有故事情节，但在那时的我看来，就是一群脸上涂了白粉的大叔一个个上台，说着复杂难懂且冗长台词的表演。我只知道其中一些大叔离开了舞台，另一些则留在舞台上继续吟唱。当剧目终于表演完毕时，年幼的我只觉得这漫长的折磨终于结束了，不禁松了一口气，随之而来的便是久坐后屁股的疼痛。

终于到了休息时间，妈妈和阿姨仍意犹未尽地感慨着"谁谁演得真好啊""谁谁的表演真的活灵活现呀"的时候，我却单单只关注妈妈拆便当盒包装的动作。我还催促妈妈说："我听不懂他们在说什么，坐得屁股痛！"妈妈和阿姨对我的抱怨一笑置之，随口敷衍我道："你们都是日本人，怎么会听不懂？别闹了，别闹了。"我听了十分生气，暗暗下决心：如果实在撑不下去，我就偷偷溜到走廊去避难。

没过多久，第二场便开始了。幕布被缓缓拉了上去，三味线和小太鼓¹的伴奏响起，又是一群大叔在舞台后方唱着我听不懂的歌曲。接着，一个穿着和服的女人（其实仍是个大叔）迈着小碎步来到舞台前方，跳起了舞。他扮演的便是清姬。

这位清姬真的很厉害。起初，他的舞蹈令人觉得温柔，但随着舞步越来越快，他的气势也越来越足，开始透出一股诡异的妖气。这之后他又足足跳了一个多小时。清姬应该是提前穿上了好几层和服，随着他的舞步，有专门的工作人员伴着节奏一件一件地将外层的和服卸下。清姬的和服如同变魔法一般越来越漂亮，手上的道具也不断变换。这个场景对当时的我来说十分新鲜。我不由得前倾着身体，盯着舞台看入了神。最后，清姬穿着一身银色的和服，双手叉腰站在了寺里的大钟之上。

《娘道成寺》表演完之后，我如释重负般瘫倒在椅子上。阿姨大概是觉得我的样子有趣，递给我一块铜锣烧，说："喏，吃吧。"等我接过铜锣烧，阿姨还告诉我，那套亮晶晶的银色和服，其实代表着大蛇的鳞片。

"清姬是个好女人啊。她那经年的执着真是让人不胜感

1　三味线和太鼓，两者均为日本传统乐器，常作为歌舞伎开场音乐的演奏乐器。

慨啊。"

阿姨托着脸，陷入美好的回忆中。她的语调中颇有几分以清姬为荣的意思。我小口抿着红茶，不由得点了点头。清姬的确是个好女人。

"我啊，总是在想：我当时要是能有清姬那样的勇气，对他死缠烂打就好了。你想啊，整整三十年。我那时候逞什么强啊，还装自己是成熟明事理的女人，到最后落得上吊自杀的下场。真替自己感到丢脸。哪怕恨他恨到咒他死无全尸都不过分，他对我做的那些事可比这要过分得多！我算是想明白了，成熟明事理，这事就是用来要求别人的。都到那时候了，我还要装成熟，真是傻到了家。"

阿姨一边说着，一边大口大口地嚼着曲奇饼干。

"所以我现在正修炼我的特殊能力呢。"

"什么特殊能力？"

"什么时候开始都不算迟，我想。能在人前现身。这费了我整整一年的工夫呢。"

"啊？这是你的特殊能力？"

"废话，这可是我血汗的结晶。"

"阿姨，你已经很厉害了。"

"不不不，这还不够。我的出场方式还不够震撼。你刚看到我进门的时候，也觉得我这种出场方式普普通通的吧？我要修炼出更可怕的出场方式，让那个浑蛋看见我就被吓出心理阴影！"

"这……"

我瞠目结舌，想不出该说点什么才好，只得不断往自己嘴里送曲奇。曲奇虽然精致可口，但总感觉不对我的胃口。该怎么说呢，这个味道似乎过于高级了，不合我的口味。我突然想到，阿姨当时给我的铜锣烧，我最后吃完了吗？

"话说回来，你应该清楚你现在这么干的后果吧？你要眼睁睁看着你毛发的力量消失吗？不就是被渣男出了轨，至于吗？打着'自我修炼'的名号，有空没空就去终身脱毛的地方报道。可是，脱干净了毛，他就会回头吗？你要知道，这些毛发是你残存的野性啊！是你最后的野性啊！你自己好好想想，这些毛对你意味着什么。你想，老虎被劈了腿，会拔掉自己的牙吗？你要像清姬一样振作起来！毛发的力量就是你的力量啊！"

阿姨的话令我哭笑不得。不过，这的确像阿姨会说出来的话。她生前就是这样的人，鼓吹什么"自然之力"，热衷于量产各种自制肥皂，甚至还用散沫花把自己的头发染成暗沉的红色。阿姨一直都是个十分有趣的人。

　　这么有趣的人，已经不存在于这个世上了啊。她遇上过那样的事，现在对我说这些话，也不是不能理解。更重要的是，她没有选择去自己儿子面前现身，反而来到我这儿，替我加油打气。这样一想，我心里不禁涌起对阿姨的几分感激。

　　"你这话可不对。清姬最后不是化成了蛇吗？蛇可是很光滑的，从上到下没有一根毛发的。"我半开玩笑地说道。

　　"这些都是小事，不重要，随你怎么说。"阿姨的语气带着几分嫌弃，"你知道吗，除了《娘道成寺》，还有个叫《二人道成寺》的，是两个人一起跳舞。"

　　此时，阿姨和生前一样，端庄地笑了起来。她牵起我涂着粉色指甲油的纤细的手，一字一句地说道："让我们，一起化作妖怪吧。"

　　"等我的特殊能力练成了，再来这里展示给你看。"阿姨爽朗地笑着说完，落落大方地走出玄关，离开了我家。

　　"明明已经成妖怪了。"还对我的生活方式指手画脚的。我小声抱怨了一句。澡堂中充满白色的雾气，我的声音被雾气包裹着，只有我自己听得到。

　　明明已经成妖怪了。但是，阿姨一点都不像个妖怪。生龙活虎的阿姨，与憔悴的我截然不同。我是个胆小鬼，只能靠给自己洗脑，才能装出一副若无其事的样子。

我一边用自己准备的有机肥皂擦着身体，一边思考着刚刚阿姨说的话。让我仔细想想这些毛发对我意味着什么？开什么玩笑。毛发就是单纯的毛发，怎么可能有别的意义。经过仔细的思考，我得出的结论是：我从未想过要赋予毛发任何意义。

我一直为毛发的存在而烦恼。从小到大，我无时无刻不在与它们做斗争。无论我剃掉多少次，它们都会顽强地从毛孔里探出头来。简直是"野草烧不尽，春风吹又生"。不止我一个人为之困扰。毫不夸张地说，所有女人都是毛发的囚徒。

就像今天。在脱毛美容室外排长队的女人，她们每一个都是正在与毛发厮杀的战士。

就像现在。澡堂一角，几个女人虽然年龄各异，但都不约而同地拿出了电动剃毛器，一边清洗着身体，一边剃着手臂和小腿上的毛。黑色的毛发混在泡沫之中，被无情地冲向排水口。

（阿姨走后，我家的电热水器突然坏了。思来想去，我只能把引发这个问题的原因归结于阿姨的显灵。都已经21世纪了，老旧的电热水器居然这么轻易就罢工了。最可悲的是，都已经21世纪了，我还住在这个配有老旧电热水器的房子里。我已经数不清有多少次，拧开开关，却只有哗哗哗哗的电热水器点火声在毫不留情地嘲笑我，嘲笑着这个赤裸着身子站在浴室里的我。我无奈地给修理店打了电话，对方冷淡地回应说，最快也要两天后才能上门修理。谁能想到现在已经是21世纪了呢？21世纪了，住的房子居然配的是这台老旧电热水器，说出去都没人信。）

　　女人之所以开始使用电动剃毛器，是因为她们在"女人应该拥有光滑的皮肤"这一点上达成了共识。但这是从什么时候开始的呢？是谁先提出"女人应该拥有光滑的皮肤"的？又是谁先接纳这一观念，并付诸行动的呢？又是从什么时候开始，这一观念获得了大家的赞同，并流传至今的呢？以至于到现在，哪怕经过了漫长的岁月，生活在现代的我，依旧为这一观念所束缚。以至于到了21世纪，我还必须付出高昂的金钱和时间成本，定期去脱毛美容室报道，用21世纪的先进技术，让皮肤一瞬间变得光滑。

　　水桶和塑料椅子随着女人们的动作与地板不断地摩擦，发出嘎吱嘎吱的欢快声音。皮肤光滑的女人、疏于毛发管理的女人和上了年纪任毛发恣意生长的大妈们。为什么我们始终无法逃脱毛发的束缚呢？就算来澡堂洗澡，我的注意力也一直都在周围女人的毛发上。不行，不能再这么盯着别人的身体了，不然会被她们当作变态的。我急忙在已经打湿了的头发上抹上洗发露，开始搓头皮，试图转移自己的注意力。

那个我不愿提起的日子也是这样。那天，我注意到自己手臂上的汗毛时，已经出门了。那天我穿的是短袖，也没法靠衣服遮住小臂上的汗毛，因此只能在内心暗暗祈祷他不会注意到。好不容易进入一家咖啡店坐了下来，我迫不及待地装作漫不经心地，用余光确认自己手指上的汗毛。当时，他坐在我对面，嘴唇开开合合的，正小声说着些什么。他的声音实在太小了，而且我也的确心不在焉，于是抬高音量反问了一句。没想到他突然向我道歉："对不起！"

仿佛全身力气都被抽空一般，我浑浑噩噩地乘上了回家的电车。抓着吊环随着电车颠簸时，我像发现新大陆似的，第一次认真打量起眼前的美容院脱毛广告。广告纸上印着的女孩穿着短裤，正展示着自己光滑的大腿，笑得十分灿烂。皮肤光滑得似乎可以反光的雪白大腿，仿佛两条白蛇一般。一旦注意到这张广告，我心中便突然产生了一种莫名的焦躁，觉得自己的手臂、小腿，以及浑身上下裸露的皮肤都长满了显眼的汗毛，与广告上女孩光滑的皮肤相去甚远。而我之前居然对此不以为意，只是大大咧咧地生活着！他跟我提分手肯定也是缘于此。他向我坦白他同时在与另一个女孩交往。或许就是这段时间，他一直在拿我和另一个女孩的皮肤做比较，现在得出了结论，才跟我提出分手！当时我胡思乱想着这些，最后得出的结论是，我必须去做全身永久脱毛。

阿姨为什么要阻止我获得自由呢？我即将从毛发的束缚中解脱出来，再也不用每时每刻都记挂着自己的汗毛是否显眼，为此提心吊胆了。我将以一个光滑的身体重获新生，收获新的恋情。正当我准备用这种崭新的、积极向上的心态去面对这个世界时，阿姨却突然迎头泼来一盆冷水。

抹上护发素后，我摸了摸自己的手臂。经历了白天的脱毛体验套餐后，手臂变得十分光滑。是我梦寐以求的光滑皮肤。但是眼泪却顺着脸颊一滴滴滑落了下来。我急忙打开花洒，借着热水把眼泪冲了下去。

阿姨说得没错。就算皮肤变得光滑了，又有什么用呢？他已经不会回头了。我是个傻子。我是个傻子。他说"我更爱她"，然后我说"是吗，那就算了吧"，就那样结束了呢！我当时应该冲他发火的！我应该仔细想想的！爱情这种东西是可以比较的吗？他又是以什么基准在比较，才能得出他更爱哪一个的结论的？仔细动脑子想想，就会发现很多事情都不合逻辑。我当时却只觉得是自己的错，忍气吞声，仿佛被洗脑了一般。不是被他，而是被另一种更庞大的东西洗脑了。

细数自己从小到大忍气吞声的经历，我才意识到自己一直将它们压抑在一个个小小的盒子里。打开那些小小的盒子，那些记忆便慢慢汇聚在一起，形成一个边界不清的黑色块状物体，并逐渐膨胀。黑色的块状物体冲我说道："要开始了。"

我要一个个打开那些小盒子的盖子。还不够。还有没打开的盒子。还有没打开的盒子。还有没打开的盒子。我摸索着、寻找着这些小盒子。这里也有。那里也有。

它继续向我诉说道：

"要开始了。"

"要开始了。"

"要开始了。"

再等一等。再等一会儿。再等一会儿就能找到所有的盒子了。我沉浸在愤怒、悲伤、懊悔、空虚、孤独的复杂情绪中。周围的光亮突然都消失了。沙沙的声音响起。

还有三个，不，还有四个盒子。最后三个，最后两

个。这是最后一个盒子了。我打开了盒盖。它发出的声音
在离我的皮肤咫尺之遥处响起，给了我极大的勇气。"要
开始了。"

黑色的力量以我无法追赶的速度超过了我，朝外部扩
散开去。

最先感到异样的是腿部的肌肤。放在腿上的手感觉到
那里的皮肤有些异常，于是我睁开了眼。入目而来的是蒙
眬的黑色。不知为何，大腿的皮肤变黑了。我看向正对面
的镜子。尽管镜子因为热气蒙上了一层白雾，但本该坐在
我的位置的人影，却是一团黑色。我下意识地摸了摸自己
的脸。触感居然如同在抚摸自己的头发一般。不知为何，
我全身上下的皮肤都被毛发覆盖了，光滑、笔直、漆黑的
毛发，顺滑、没有分叉也没有断裂的毛发。而我刚烫过的
头发也和全身的毛发一样，仿佛我从未去过理发店。

等我回过神来，我已经站了起来，双手高高举起，正
欣赏着自己的毛发。我为这些毛发而感到自豪，甚至难以
想象这些乌黑、高贵且生命力旺盛的毛发居然是从我身体
里长出来的。

周围的人仿佛都看向了我。我环视四周，发现周围的
女人正以或好奇或惊恐的眼神打量着我。她们的眼睛里清

清楚楚地写着，有一头怪物突然出现在澡堂里。

完了。我慌不择路地踢开椅子，逃离了澡堂。更衣室中的女人们看到我纷纷倒吸一口冷气。伴随着背景中的这些声音，我强装镇定地打开了自己的储物柜，扯出了包，不动声色地离开了澡堂。紧接着，我拼命跑过深夜寂静的商店街。晚风成了我最好的吹风机，吹着我全身的毛发。

最后，我终于踏入了家门，急忙站到了全身镜前。这是我为了庆祝自己的独居生活，从无印良品买的全身镜。变身后的我是什么样子？我鼓起勇气看向了镜子。镜子里映着的是一头披着光滑皮毛的神秘动物，其形状不像狗熊，也不像猴子，毛发还有点潮湿。如果和贞子[1]的头发比较，大概有其一半长。这么想来，贞子真的很厉害。从水井里爬出来已经很不容易了，她居然还能从电视里爬出来。阿菊[2]和阿岩[3]也不可小觑。三位都是十分优秀的女性。毕竟要在世人面前显形可不是件容易的事，需要本人有着十分坚定的信念才行。

我突然想起来有件事十分不妙。我的手臂，它白天刚经

---

1 贞子，指山村贞子，为日本科幻小说《环界》以及其改编的恐怖电影《午夜凶铃》里的主人公。贞子去世后，成了一个复仇的幽灵，留着长长的黑发，掩盖了脸部。
2 阿菊，日本江户时代（1603—1868）的民间传说《番町皿屋敷》中的女主人公。
3 阿岩，出自日本江户时代的怪谈《四谷怪谈》，讲述的是一个被丈夫抛弃并杀害的苦命女子化为怨灵复仇的故事。

历了全身永久脱毛套餐体验。我低头一看，果然，比起身上其他部位的毛发，手臂上的毛发明显稀疏许多。手臂上毛发的力量被削弱了。无论是强度、光泽、韧性，还是美感，哪一点都不如其他部位的毛发。全身上下只有手臂上的毛发显得十分突兀。这可不行。我开始后悔去做了脱毛手术。我已然不在意自己的变身，只想着怎么才能弥补手臂上毛发的缺失。

自那天起，我便集中精力开始增强毛发的力量。在饮食上，我做了一些调整，多吃肝脏和海藻。此外，听说豆类和鸡蛋对毛发也有好处。怀着愧疚的心情，我仔细往手臂上反复涂抹尊马油¹，顺带也在身体其他部位涂抹了一遍。

在那之后，我渐渐能控制身体里的黑色块状物体了，也不用担心突然变身会对社交生活造成影响。当身边的人热衷于利用空闲时间培养兴趣爱好或准备考证时，我也开始专注于培养自己毛发的力量。

我坚持每天睡前变一次身，并仔细观察毛发的情况，用高级猪毛刷细心打理。没过多久，我手臂上的毛发就逐渐与别处的毛发融为一体了。我想，这大概是尊马油的功劳。我一边等着手臂上的毛发彻底恢复，一边思考着今后的计划。遗憾的是迄今为止，我还没有任何头绪。

1　尊马油，特指由日本药师堂公司发售的马油霜。马油指从马的脂肪提取的油脂。

拥有这身毛发之后我能做什么？我的特殊能力究竟是怎样的能力？在找到这两个问题的答案之前，我都会珍视自己这一身毛发，并一直思考下去。说不定什么时候，自己的特殊能力大显身手的机会就出现了呢。如同清姬一样。尽管清姬拥有全身上下都十分光滑的皮肤，而我全身上下都长满了毛发，但我们的诉求是一致的。变成什么样子都无所谓，哪怕成了一头未知且无名的怪物。我们只希望拥有某种力量或特殊能力，能在关键时刻给对方致命一击。

今天阿姨仍未出现在我家。看来她还没有修炼出新的特殊能力。毕竟是那位厉害的阿姨，她一定是不鸣则已，一鸣惊人。阿姨，你要快点来我家啊。我期待着能和你一起穿着银色的闪耀和服起舞的那一天。

今天我也将开始自己的修炼。

娘道成寺 [1]

　　歌舞伎《娘道成寺》（全称为《京鹿子娘道成寺》），其故事源于《安珍清姬传说》。多年来，道成寺内一直没有钟声。据传，这是一个名叫清姬的年轻女子所为。

　　清姬爱上了寺内英俊的僧人安珍。在被拒绝数次之后，她的爱化作强烈的恨意。她变成了一条凶猛的喷火之蛇。被吓坏的僧人逃到道成寺，躲在了大钟下。追过来的蛇盘绕着大钟，喷出一股股火焰，直到大钟融化，将僧人烧死了。

　　自那以后，道成寺内有很长一段时间都没有佛钟，且长期禁止女性入内。终于，某一天寺内供奉上了新的佛钟[2]，并将为此举行一个献礼仪式。正值樱花满开，清姬化

1　本书中所有原型故事均为译者据相关版本的资料编译，由编者加工整理而成，仅供参考。以下不做特别说明。
2　相传该佛钟为逸见万寿丸（源清重）供奉。

名花子，扮作白拍子[1]艺人，与僧人约好以跳舞为条件入
寺。她一边跳舞，一边接近佛钟。等众人发现花子其实是
清姬的化身时，已经太晚了。清姬再次跳入佛钟之内，化
身为巨蛇盘绕在佛钟之上。

1　白拍子，平安时代末期至镰仓时代流行的一种歌舞。身着男装的游女或小孩一边唱
着当时流行的歌曲或朗诵诗歌，一边跳舞。

牡丹花纹的灯笼

　　"请问有人在吗？"

　　门铃已经响过三次，门外的人终于忍不住问道。

　　新三郎正瘫坐在沙发上。他没想到对方会直接开口询问，于是下意识地屏住了呼吸。他不愿意拖着自己笨重的身体去开门。正值盂兰盆节[1]，一直照顾自己的妻子回娘家看望父母去了。而且现在已经是晚上十点了。尽管他不知道门外是谁，但能做出这一系列不合常理行为的人，想必也是个怪人。新三郎十分厌恶这类怪人。他从小就被教导要遵循社会常理，长大参加工作后，他遵循社会常理循规蹈矩地完成自己作为销售的本职工作。哪怕遇上社会经济不景气，哪怕遇到公司裁员，他也遵循社会常理，保持着冷静的态度，悄然从公司

1　盂兰盆节，又称"中元节"，是祭祀祖先的日子，盂兰盆节在日本属于放假的节日之一。

消失了。

不知不觉中，已经过去半年多。一开始，妻子还十分顾及他的情绪，但最近她也终于忍不住，会旁敲侧击地提醒他："差不多该找下一份工作了吧。"新三郎心里也十分赞同妻子的提议，但他的身体总是与他作对，仿佛灌了铅一般沉重，令他始终无法将找工作这件事付诸行动。他也经常在网上浏览招聘信息，可无论是哪一条，门槛都高高在上，嘲笑着他的不自量力。他也曾想过去公共职业安定所[1]寻求帮助，但出于自尊，始终没有踏出那一步。"我又不是没有能力，现在都沦落到得靠公共职业安定所来施舍工作了吗？"一想到这儿，他就感觉十分羞愧。他从小到大都十分懂事，规规矩矩地遵循社会常理活到了现在。

等妻子出门上班后，新三郎会简单打扫一下屋子。到了下午，他就瘫坐在沙发上，一边看着重播的历史剧，一边漫无目的地想着"要是在江户时代，自己这类人应该就是所谓的浪人[2]了吧"之类无关紧要的小事，无所事事地打发着时间。他几乎每天都穿着那套灰色运动服。运动服的

---

1 公共职业安定所，又称"Hello Work"，相当于中国的人力资源和社会劳动保障部，是遵循日本法律为日本人提供免费的就业指导、办理失业保险等事务的部门。
2 浪人，日本明治时期西南战争后到处流浪、居无定所的穷困武士，他们在日本近现代社会中具有一定的势力。

面料已经变形了，松松垮垮地搭在他身上，仿佛树懒的灰色皮毛一般。

"请问有人在吗？"

门外的人又喊了第二声。

客厅亮着灯，从外面透过窗帘可以看见里面的光。这时候，装作没人在家也有点假，新三郎想。于是他叹了口气，不情不愿地从沙发上爬起来，慢悠悠地走到玄关，贴着猫眼观察起门外的情况。

门外是两个女人。两个人的打扮十分相近，都穿着白色衬衫，外面套着一件黑色西装，腿上是丝袜，配着黑色单鞋。一个看起来四五十岁，另一个看起来年轻一些，应该没超过三十五岁。她们站在昏暗狭窄的玄关前，年长的女人直勾勾地盯着猫眼，年轻的则低垂着眼睛。

这两个人绝对有问题。新三郎直觉不妙。这世上没人愿意主动招惹麻烦，更何况现在的新三郎也没有处理麻烦事的精力。

年长的女人仿佛透过门看到了新三郎的动作，开口道："请问有人在吗？"

这声音与之前那两声"请问有人在吗"如出一辙。年轻的女人仍然垂着眼，一动不动。出于多年从事销售的习惯，新三郎观察起出声的那个年长女人来。根据她的面部微表情来判断，她应该已经发现他在门内。此外，从她的站姿来看，她极有可能是个自视甚高的女人。

新三郎不情不愿地开口："您有什么事吗？"

年长的女人堆起满脸的笑容，十分热情地说道："您好，我们是推销员，希望能诚心诚意为各位顾客介绍物美价廉的商品。感谢您在百忙之中抽出时间，我们想为您介绍一下我们的产品。"

听了女人的话，新三郎心里突然涌起了浓浓的疲惫感。要是这两个女人没有出现，他现在还能躺在沙发上。就因为这两个可恶的女人，他不得不拖着疲惫的身躯走到玄关。他已经很累了。这半年来他一直心力交瘁。

"啊。不用了。而且时间也不早了。"

新三郎盼着她们快点走，因此语气十分冷淡。这时，一直垂着眼的年轻女人突然抬起头来盯着猫眼，用尖细的声音说道："您这话说的，是真真的无情。您就把门打开吧。"

要是柳树成了精，说话应该就是这种感觉吧，新三郎发自内心地想道。

　　新三郎沉浸在自己的思绪中，回过神来才发现自己和两个女人都已经坐在客厅里了。如今，他跟这两个女人中间隔着一张桌子。而且是两个女人坐在柔软的沙发上，自己却坐在不知何时随手从厨房搬来的北欧风硬椅子上，上面只垫了一个玛丽马克牌坐垫。这个坐垫一看就是妻子喜欢的东西，毕竟新三郎直到现在都不太懂这坐垫上的花纹到底是什么图案。不，这些事眼下都无关紧要。

　　重要的是，在一头雾水的新三郎面前的这两个女人。她们穿的丝袜在客厅的灯光下折射出银色的光芒。她们规规矩矩地并拢了膝盖，脸上带着捉摸不透的笑容，向新三郎递出了名片。名片是白色底的，泛着微微的青色，与两人的脸色一般无二。

　　"我们是做这个的。"

　　两个人同时向新三郎递出了名片。新三郎不知道应该先接哪一张，因此有些犹豫。年长女人的名片上写着的名字是"望月米子"，年轻的女人则是"饭岛露子"。

　　这时新三郎才发现，桌子上摆着三个茶杯，都微微地冒着热气。新三郎心里盼着这不是两个女人自作主张倒的热茶，却又想不起自己是什么时候去沏的茶。他又注意到桌子上摆着切得整整齐齐的羊羹。这是他家留着准备招待贵客的高级羊羹。

米子突然开口，打断了新三郎的胡思乱想。

"您好，我们在门外时看到您家门牌上写的是'荻原'。您是荻原先生，对吧？荻原先生您好，请问您的全名是什么？"

不知为何，米子进门后首先问的居然是新三郎的全名。

"荻原新三郎。"

新三郎并不打算回答这个问题，但他的嘴唇仿佛有了自主意识，擅自把他的全名告知了对方。

"您是新三郎先生呀。能见到您真是我的荣幸，新三郎先生。"

露子用崇拜的目光仰视着他。她说的内容过于甜腻，语调也过于亲昵，让新三郎感到非常不适。新三郎撇过头，把目光移向了别处。

她是仗着自己长得好看，才觉得即使用这种态度对待一个刚见面的陌生人，对方也不会反感吗？新三郎在脑海中回想了一下露子的长相：鸦黑色的头发，雪白的肌肤，一双美目脉脉传情。露子的确是个美人。但如果要用一个成语来形容她，"红颜薄命"应该是最为合适的。

还未等新三郎开口，露子先抿了一口茶水。茶杯边缘清晰地印上了她鲜艳的口红。这人一定不适合这份工作，新三郎想。不，面前这两个人都不适合这份工作。

"那我们就开门见山了。"仿佛乌龟迅速从壳里探出脑袋一般，头发斑白的米子突然说道。

总之早点让她介绍完商品，早点让她回去。新三郎百般无奈地点了点头。

米子的表情本就阴沉，现在更是暗下了几分。她的声调也往下沉了一度，缓缓说道：

"您眼前的这位露子小姐，她的身世真是闻者伤心，听者落泪。她本也是名门大族的千金小姐，现在却沦落成一个销售小姐，每天风里来雨里去，落得一身尘土。她原有个极疼爱她的母亲，但自她母亲抛下这位年幼的露子小姐，撒手人寰后，她的生活就一落千丈啦。露子小姐的父亲自然是个温文儒雅的男人，可这位父亲对女色实在没有什么抵抗力，妻子去世还没多久，就开始和女佣你侬我侬了。可见这世上多少男人意志不坚定呀。真是可悲可叹。说到这位女佣呀……

"最近各大新闻媒体都在呼吁大家重视个人隐私，政府也对泄露个人隐私的案件严惩不贷。但获原先生，出于对您的信任，我愿意告诉您这位女佣的名字。这位女佣呀，她叫国子。您要是遇上一个叫国子的女人，可得小心点了。

国子是个不择手段的女人，很快就爬上了继母的位置。但国子可不满足于当个继母。为了独吞露子小姐父亲的财产，她天天在这位父亲耳边吹枕边风，编造一些无凭无据的谣言诋毁露子小姐……

"露子小姐的父亲本就是个意志不坚定的男人……唉，要是摊上这种男人可真是没辙了……这位父亲呀，居然信了这些谣言，渐渐对露子小姐的态度也越来越冷淡。露子小姐实在受不了这种折磨，高中都没读完，就离家出走了。这之后啊，露子小姐的惨淡人生才拉开了序幕。可怜的露子小姐呀……"

"你到底想说什么？这些事情，跟我有什么关系吗？"

米子仿佛在说单口相声一般，十分流利地叙述起这段故事。新三郎被迫听完了露子的前半段人生，好不容易才找到机会插嘴反驳。米子也没料到对方居然会打断自己的讲述，脸色变得十分难看。没过几秒，米子又做出一副若无其事的表情继续说道：

"虽然与您没有什么关系，但我们能在这里遇见您，也是一种缘分。俗话说，相逢即是缘，露子小姐肯定也希望获原先生能对听完这些话。"

露子不知道什么时候拿出了一块白色手帕，正轻轻地按着自己的眼角。听到米子的话后，她跟着点了点头。

"相逢即是缘？我们这不是相逢，分明是你们强行闯入我家的吧？而且你们是什么情况？上门推销居然从讲述自己的身世开始？开什么玩笑。"

新三郎试图用常理来说服这两个不讲常理的女人。

"是我们哪里做得不对吗？"

米子和露子的脸上写满了迷茫，她们一同看向新三郎，一脸真的不知道自己哪里做错了的表情。

"你们还好意思问我哪里做得不对……我以前好歹也是跑销售的，去过不少客户家里。对你们来说，我算你们的客户吧？客户大发慈悲让你们进门，你们却这副态度，还想不想做生意了？"

"天哪！荻原先生，您居然还是我们的同行！这真是难得的缘分，露子小姐，你说是不是？"

"是啊，这可太巧了，米子小姐。"

两个女人相视一笑。新三郎看到这一幕，只觉得脊背发凉。

"荻原先生，您刚才说'以前'是跑销售的，是指您现在已经不做这一行了吗？是发生了什么吗？最近坊间传闻经济不景气，不少人遭遇了所谓的'裁员'，您也是其中一名吗？"

　　米子偏过头，直勾勾地盯着新三郎，单刀直入地问道。这人绝对不适合当销售，她上岗之前甚至没有受过培训吧！新三郎对米子的直白目瞪口呆，不由自主地回答道：

　　"啊，嗯嗯，对，就是你说的裁员。"

　　这句话说出口以后，新三郎挺得笔直的脊背不自觉地弯屈了几分。除了他妻子，他还没向任何人提起过这件事。

　　"新三郎先生，您是真真的太可怜了。"

　　露子本就尖细的声音愈发尖细起来。她似乎是想表达自己的怜悯，脸上泛起几分微笑，轻轻站了起来并弯下腰，将她纤细的手指搭在了新三郎的手腕上。感受到露子手指的冰冷，新三郎不由得吓了一大跳，急忙摆出双手抱臂的姿势，甩开了她的手。

　　露子没料到对方会做出这个动作，懊恼地坐了下去。紧接着，她又摆出一副有些不好意思的神情，仰视起新三郎的脸。新三郎又一次撇过头，将目光移向了别处。

　　"露子小姐，你可真是太温柔了。相反，荻原先生，您可真是铁石心肠哪。听了这位温柔的露子小姐的悲惨经历，您丝毫都没有动容。"

　　"不是，我当然同情她，可她的遭遇跟我有什么关系吗？还有，虽然我只听了个开头，但这类故事现在比比皆是吧。

大家各有各的苦衷，没有谁的人生是一帆风顺的。"

听了新三郎的话，两个女人睁大了眼睛，表现出一脸难以置信的样子。米子抬高了音量，仿佛她发自内心地对新三郎的话感到震惊。

"您看看这世道啊，真是越变越坏了。要是放在以前，看到这么动人的露子小姐，听到她有这么悲惨的遭遇，没有人会不表示同情的。这其中，愿意与露子小姐一同殉情的人也不在少数呢。露子小姐，你说对吧？"

露子又将手帕放在眼角，加大了自己点头的幅度，从喉底发出了嘤嘤的哭声。但这一举动破绽百出。一看就是假哭！面对这两个自说自话的人，新三郎渐渐烦躁起来。

"那你们呢？你们听说我被裁员，不也是丝毫不为所动，连句安慰的话都没有吗？要这么说的话，你们才是真正的铁石心肠，你看，你们都不同情一下我的遭遇。"

新三郎的语气中带了几分怒火。听到这话，露子和米子反而瞬间冷静下来，两个人的表情又恢复了冷漠。正当新三郎震惊于两人变脸速度之快时，米子用冷静到有些诡异的声音说道：

"我们都知道男人很坚强，就连上天都更眷顾男人。我们相信您一定能找到解决之道的。因此我们一点都不担心您。我现在更担心露子。您也知道，女人都是柔弱的。想到无亲无故、孤苦伶仃的露子，今后得在这个残酷的社会中活下去，我就担心得不得了。我倒是没事，您不用担心我，但是露子她呀……荻原先生，您不必与露子一同殉情，我们也不希望您听了露子的遭遇后有心理负担。但如果您心里实在过意不去，请您务必购买我们的商品。"

不知道她们是什么时候准备好商品的，当米子在说这段话时，露子十分配合地将一样重物放在了桌子上。

桌上放着的是某种透光的东西。新三郎正苦于想不起它的名字，米子开口道：

"这是灯笼，荻原先生。"

她仿佛终于看透了新三郎的心思，脸上出现了久违的笑容。新三郎为此感到毛骨悚然。

"近年来，大家都喜欢买个手电筒在家里放着，也有不少客人别出心裁，选择购买灯笼。您瞧，要是提着灯笼去庙会，配上浴衣，可比带个手电筒要合适多了吧？正好现在是盂兰盆节，要是把它挂在门外，也别有一番风趣呢。这外面是绉纱材质的，上面织的是牡丹花纹，也很受女人青睐。说起来荻原先生您结婚了吗？我猜您结婚了，对吧。"

米子顿了顿。此时，露子趁机以一种十分刻意的声音说道：

"天哪，新三郎先生，您真是个薄情的人。您明明已经
有我了。"

"露子小姐，这只能说是命运弄人啊。露子小姐遇到的
男人，都不是什么好东西，米子我啊，真是担心得不得了。
嗯……对，刚说到这个商品很受女性欢迎。想必您妻子看
到了也会很开心。听说西方的男人会给女人赠送花朵、礼
物之类的，会在日常生活中给她们制造一些小惊喜。而日
本男人却不擅长这些讨女人欢心的小技巧。当然，我相信
获原先生与一般的日本男人不一样。您现在正值失业，想
必您妻子也会为您的遭遇而感到心烦意乱。这时，您要是
送她一些这样的礼物，我想她一定会喜笑颜开的。"

"天哪，新三郎先生，您居然要送别的女人礼物，露子
我真的好难过啊。"

"露子小姐，别担心，像新三郎先生这样大方的人，一
定会购买两个灯笼。到时候，他肯定会送你一个。"

"像新三郎先生这样体贴的人，肯定也不会忘记米子小
姐你的。他肯定会买三个灯笼。最少也肯定会买三个的。"

这是求人买东西的态度吗？无视顾客，自说自话地替
顾客决定了购买的数量。新三郎为此感到惊愕，终于忍不

住插嘴道：“你们说的灯笼，实在不好意思，我是不会买的。我还没找到工作，要是买了这个，反而会挨妻子的骂。”

空气沉寂了一瞬间。

“新三郎先生，您是真真的可恨。”黏黏腻腻的声音犹如成形的蛇一般，从露子的嘴里爬了出来。

“啊？”

“我会恨您的。”露子说道，仿佛打心底里为此感到尴尬。

这时米子开口了：“想必获原先生还有所犹豫。这灯笼是本公司引以为傲的代表性商品，我先为您展示一下它的使用效果吧，您看了一定会喜欢的。请问您客厅的电灯开关在哪儿？”

新三郎下意识地望向了电灯开关的位置。还没等他反应过来，客厅里的灯突然就都灭了。在一片漆黑的客厅里，只有一小盏灯笼在散发着朦胧的光芒。

灯笼的另一边，映着两个女人惨白的脸。看到这一幕，新三郎不禁想起了试胆大会[1]。那时大家都会将手电筒放在胸口，从下往上照自己的脸。新三郎已经麻木于接连发生的超自然现象，甚至开始回忆起自己的少年时代。

---

1 试胆大会，日本夏季传统游戏，一般在集体或野外活动的晚上举行，参加者多为年轻人，大家分成小组陆续去墓地等地探险，以测试胆量。

牡丹花纹的灯光朦胧地洒在桌面，熟悉的客厅仿佛变成了另一个世界。两个女人的下半身在桌子底下，因此仅照得到上半身。在新三郎看来，两个女人仿佛飘浮在房间里一般。

"有妖怪啊……，我的意思是，这灯笼照得你们两位好像地府来客一般。"新三郎为自己脱口而出的话感到懊恼。

"您是说我们吗？"米子表情平淡，随便应了一声，似乎并不把新三郎的话当回事。

"如果我们真的是地府来客，您要拿我们怎么办呢？"露子仰视着新三郎问道。她的嘴唇上不知是唇釉，还是口水，正反射着灯笼的光芒。还没等新三郎回答，两个女人就先笑了起来。

客厅里的灯亮了。

"大概就是这样。这灯笼不错吧。"米子和露子都露出了微笑。

"嗯，但还是算了吧。"

听到新三郎的回答，米子和露子对视了一眼，点了点头。再看向新三郎时，两个人的脸色就彻底沉了下去。

"如果您不愿意买，我也不愿意活了。"露子开口道。

"荻原先生，您也帮忙劝劝吧，您要眼睁睁看着露子小姐去死吗？"

"在新三郎买下这灯笼之前，露子我是不会离开这里的！就算父母横尸郊外，我也要等新三郎先生买了再去替他们收尸！"露子越说越离谱，声音又尖又细，仿佛是个在向大人讨要玩具的孩子。

"这可不好办了，要是荻原先生的妻子回来后看到这一幕……要是惹她吃醋，可就麻烦了。您看，您要是买了这灯笼，我们马上就走。"米子声音低沉，语气已经带上了几分威胁的味道。

或许是因为新三郎一直没有反应，米子和露子开始用余光打量起他来。

"算了吧，你们怎么说我都不会买的。"两个女人的话越说越过分，新三郎反而冷静下来了，斩钉截铁地表达了自己的态度。

"露子小姐，你听听这话！这种黑心肠的男人，怎么值得你付出真心呀？"米子说道。

"不，露子我愿意相信新三郎先生！"露子跟着说道。

"荻原先生，您听到露子小姐刚刚说的话了吗？这是怎样一个痴情可怜的女人呀！"米子接话道。

眼前这场无厘头的戏剧还在进行，新三郎渐渐开始佩服起这两个人的默契。特别是米子的助攻，是整场交谈中不可或缺的部分。要是没有米子，仅凭露子一个人，是没有办法营造出这种气氛来的。从推销的角度来看，两人的所作所为的确不合常理；但是从另一种意义上来说，这两个女人的组合是无敌的。两人之前一定苦于业绩低迷，才绞尽脑汁想出了这一招吧。

想到这里，新三郎突然有种冲动，想为她们的业绩加把力，买一两盏灯笼。但他又想到了自己的妻子，不由得打消了这个念头。要是妻子回家看到这个灯笼，指不定会数落些什么。更何况，近两三年妻子一直热衷于北欧风，买的都是北欧风的家居小物。米子和露子还在他面前不知疲倦地继续着自己的表演。他买也不是，不买也不是。

新三郎笑出了声。他已经很久没有发自内心地笑过了。他才发现，之前的自己太拘泥于常理了。原来跳出常理的框架，也没什么大不了的。已经到了山穷水尽的地步，哪怕不遵循常理，情况也不会变得更糟糕。到了这个时候，拘泥于常理也就没什么必要了。想到这里，新三郎的眼睛不由自主地开始发热，泪水在眼眶里打着转。他咬紧了牙关。

两个女人看到这一幕，仿佛被新三郎吓了一跳，都皱起了眉头。她们异口同声说道：

"荻原先生，您是回心转意准备买下灯笼了吗？"

"新三郎先生，您愿意为露子买下灯笼了吗？"

"不，灯笼我是不会买的。但我得向你们说声谢谢。"

他说出这句话后，感觉心情舒畅了不少。下一个瞬间，露子和米子仿佛突然飘浮在空中。紧接着，客厅里的电灯一下子熄灭了。之前的一切都恍如一场梦。

喊喊喳喳。

窗外麻雀的叫声吵醒了新三郎。他从客厅的地板上坐起来，打量着四周。新三郎身边摆着四盏灯笼。仿佛是被风吹进来的一般，四盏灯笼摆放得十分凌乱。露子和米子已经不见踪影。

玄关处传来门的开合声。吱呀——咔嗒。新三郎下意识地摆正了身体。没想到进门的是妻子。她十分小心，为了不让行李箱的轮子剐蹭到地板，便抱着它走了进来。新三郎的妻子看到客厅里一片狼藉，而丈夫坐在地板上，不由得尖叫起来。

看着妻子的神情和动作，新三郎不由得想到了露子和米子。不知为何，妻子与那两个人的动作和神情都有些相似。为什么女人看到我，都要露出这种神情呢？仿佛被我吓了一跳似的。

"你到底有没有认真找工作啊？这是什么？你自己做的吗？"妻子一边收拾灯笼，一边抱怨道。

新三郎听到她的话，暗道不妙。他打开自己的钱包一看，里面的确少了几张纸币。他想起那两个女人，这件事百分之百是那两个女人干的，她们干得出这种事。露子小姐、米子小姐，你们干的这事，是明目张胆地偷钱啊。而且直到现在，也没听她们说过这灯笼一盏多少钱。这该怎么办呢？只能尽快去赚钱了。

阳光透过客厅的窗帘洒在地板上。新三郎从客厅的地板上站了起来。

在那之后，新三郎又一次见到了露子和米子，是仅有的一次。

那天新三郎下班早，当他正在家中准备晚饭时，听到门外传来女人的交谈声。他站在窗帘后面，透过缝隙向门外看过去。露子和米子正站在门牌附近，两人的表情都有些难看。说起来，妻子听他说了牡丹花纹的灯笼是怎么来的以后，就在门牌旁边贴了一张纸，写着"谢绝上门推销"。新三郎突然想起，自那晚之后已经过去整整一年了。

那晚之后，他再也没找到那两个人的名片，怎么也想不起那两人是哪个公司的推销员。

"你看这家门口贴的，也太过分了吧。"

"贴了这个告示，我们就没法进门了，太过分了。"

"真的太过分了！"

"的确太过分了。"

露子和米子穿的还是一年前的那身衣服，两个人正说着悄悄话。

把贴的纸说成告示，这两个人的语气还是一如既往地夸张。直到现在，新三郎仍然不知道她们两个究竟是什么，但这并不妨碍他看到她们以后，打心底里觉得安心。她们两个仿佛发现了新三郎的目光，突然一同转头看向客厅的窗户处。新三郎吓了一跳，转身躲开了她们的目光。

牡丹灯笼

　　《牡丹灯笼》为三游亭圆朝所作，灵感来源于江户中期的怪谈集《伽婢子》（中国明代小说《剪灯新话》的日语译本）。以下为本故事的落语[1]版本的梗概。

　　一日，阿露和女佣阿米偶遇荻原新三郎。新三郎是个浪人，也可称作一位无名武士。阿露对他一见钟情。然而，由于出身不同，两人被禁止在一起。备受相思之苦的阿露最终郁郁而终。盂兰盆节来临之际，阿露出现在新三郎家门口。这对恋人迎来了一次激情的重逢。很快，她每晚便都提着牡丹灯笼来拜访他。

　　新三郎的房客伴藏注意到他越来越憔悴，认为他被鬼魂附身了，便在其门外挂了一张符咒，以防止鬼魂进

1　落语，一种起源于江户时期的传统日本表演艺术，其表演形式和内容与中国的单口相声相似。

入。傍晚时分，经过房子的人都会看到一盏灯笼悲伤地飘荡在附近。

　　阿米实在不忍心，用一百两黄金买通了伴藏，让他撕下了符咒，于是灯笼在屋内欢快地晃动着。次日早上，人们就发现新三郎的尸体与一具骷髅相拥在一起。

小雏

　　我正在清洗小雏的身体。

　　小雏的皮肤十分细腻。为了不损伤她娇嫩的肌肤，我将特意从网上订购的麻制小浴巾浸在水里，从脚尖开始温柔地擦拭她的全身。她躺在水里，小浴巾仿佛漂浮在她周围起舞。烛光映在水面一闪一闪的，仿佛也想加入这场舞会。

　　我轻轻地抬起小雏的右脚。随着我的动作，水面泛起一阵阵涟漪，水波的声音像是哼唱的催眠曲。当我的手即将擦拭到小雏的大腿内侧时，她仿佛有点害羞，咯咯笑出了声，并悄悄地蜷曲起了腿。当然，我与小雏已经建立起了信赖，她的这种反应只是我跟她之间害羞的小游戏。我毫不介意，仔仔细细地擦洗起她身体的每一处。这是我跟小雏之间最重要的仪式。

　　浴室的窗户开得很高。但风还是从高高的窗户里吹了进来，带来了浓浓的花香。小雏张开了鼻孔，努力地闻着花香。我用手托着她的腰部，轻轻地将她抱了起来。

"繁美，你说这是什么花的香味呢？"

"是什么花呢？我也不知道呢。"

我将浴池里的水栓拔开，棕色的污水争先恐后地涌向出水口。

紧接着我打趣道："小雏如果好奇，可以自己去看看呀。小雏不是最擅长这种事吗？"

小雏鼓起脸，反驳道："我才不去呢。就是不知道是什么花才好奇呀，知道了就没意思了。繁美真不懂情调。"

污水咕咚咕咚地流了下去。

"大概是山茶花之类的吧，我猜。"

"嗯……我只知道肯定不是郁金香。"

"小雏居然还懂花，真了不得呀。"我故作惊讶地说道。

"繁美，你这就叫作偏见了。"尽管这词是小雏新学的，但她用得十分恰当。小雏是个十分聪明的少女。

我又用花洒将小雏冲洗了一遍，她的皮肤又恢复了白皙。干干净净的小雏。虽然每天都能见到小雏，但我永远都看不腻。

我将水栓插好，拧开水龙头。干净的热水又开始汇聚在浴缸里。

"好了呀！"小雏左右转着头看了一圈自己干净的身体，一脸满足，开心地说道，"那就轮到我给繁美驱除污秽啦！"

在小小的浴缸里，小雏就坐在我面前。小雏的脸就在我眼前。她脸上的肌肤吹弹可破，仿佛能透光一般。我心跳有些加速。小雏是个十分漂亮的少女。

"繁美的腿水肿了呀。站了一天吗？每天工作，辛苦你啦。"小雏一边捏着我的腿，一边安慰我道。她仿佛在我腿上施展了魔法，积攒了一天的劳累都随着她的按摩而消失了。

"繁美，水里好像有股好闻的香味呢。"

"啊，那是因为我往里面放了维蕾德沐浴精油。"

"维蕾德沐浴精油……"小雏一脸疑惑地看着我。她又学会了一个新词。估计到明天她就能熟练使用这个词语了。

在遇到小雏以前，别说沐浴精油了，我连澡都几乎没有泡过。背负的疲惫一日重似一日。光是为了维持正常的生活，我都已经精疲力竭了。那时我只要一看到浴室的乳白色墙壁，整个人就提不起精神。而现在，浴室成了我最中意的地方。

　　我的恋人只在夜晚出现。

　　无论外面是刮风，还是下雨，只要看到小雏灿烂的笑脸，我心里就永远是晴天。无论白天在公司有多辛苦、遇上的事有多倒霉，只要小雏出现在我的房间里，我立刻就能幸福起来。小雏是我的太阳，是我的彩虹，是我的光，是照亮我整个世界的存在。她是所有的美好，她是所有的幸福。

　　我们一起泡澡，一起吃晚饭，一起入睡。但当我早上睁开眼时，她就消失了。

　　起床后，我轻轻地抚平了床单上小雏睡出来的褶皱。她睡过的地方已经冰凉了。整理好床铺，做早饭，吃完早饭之后，我便出门去上班了。

　　尽管独居的时候，我也是三餐规律、按时作息的人，但为了不让小雏担心，我比之前更注重生活品质了。以前我中午经常靠便利店应付一顿：或是吃机器捏出来的千篇一律的饭团，或是吃黏糊糊的意大利面。自小雏出现后，我便尽量自己准备午餐：软烂不成形的鸡蛋烧、煎鲑鱼和水煮西蓝花。这些菜里也蕴含着小雏的爱。小雏每时每刻都陪在我身边。

　　"然后呢？繁美跟阿喜聊到我了吗？"小雏用她纤细的

手用力地按着我右腿的穴位问道。

"嗯？我没跟你说过这件事吗？"

好疼好疼好疼！我仰起背，拼命地蹬着腿。但小雏不知道哪儿来的力气，捏着我的小腿肌肉不松手。她仿佛赢得了胜利一般，脸上终于露出了得意的微笑。要是小雏去按摩店工作，她这个按摩手艺一定能当头牌。

阿喜是住在我隔壁的一个近四十岁的男人。在遇见小雏之前，我总会跟阿喜去地铁站旁边的小酒馆打发时间。那家小酒馆也不贵，正好我们俩都是一个人住，在小酒馆里喝杯酒，聊点有的没的，时间很快就过去了。那时候，我刚跟男朋友分手，从他家搬了出来，拖着疲惫的身躯勉强在这个公寓安定下来。阿喜的情况跟我类似，不过他是从女朋友家里搬出来的。我烦透了男人，他烦透了女人。

跟男友同居的那段日子里，我日益感到疲惫。我和男友之间没有太频繁地爆发争吵，于我而言，他是个普普通通的好人。只是，如果和一个身体和心灵都十分坚硬的生物同处于一个狭窄的空间，我便会不由自主地顾虑到这个坚硬生物的存在。久而久之，就会变得筋疲力尽。和男人居住于同一个屋檐下之后，我渐渐觉得自主思考、自主行动都是十分麻烦的事，身体仿佛越来越沉重。我会下意识地先观察对方的行动，跟随对方的想法。渐渐地，心底便堆积起一颗颗小小的石子。明明生活在自己家，却无时无刻不觉得自己寄人篱下。

我再也不想跟别人一起生活了。

所以，当小雏出现时，我十分惊喜，觉得自己是世上最幸运的人。

正当我沉浸在与小雏的美好同居生活中时，某天，我在楼下的告示板旁遇见阿喜。据阿喜说，他每晚都能听到隔壁闹得十分欢腾，直觉有什么隐情，决心要拉着我问个清楚。

于是我被他强行邀请到了我们以前常去的地铁站旁的小酒馆。在那里，我向他坦白了我跟小雏的相遇。

一切都是从我那次钓鱼开始的。

那是我人生中第一次钓鱼。学生时代的朋友邀请我，劝我要积极挑战新事物。我不得已，只得跟着他一起坐在了多摩川[1]畔。我手里仅有的钓鱼工具也是从朋友那儿借来的。

朋友借给我的是一根藏青色的钓竿。布置好钓竿后，我盯着水面，开始了漫长的发呆。就在我按捺不住，快要向朋友开口告辞之时，钓竿却突然震动起来。原来这就是

1　多摩川，日本著名的河流之一，流经山梨县、神奈川县及东京都等地区。

传说中钓鱼的乐趣之所在啊，我一边感慨着，一边一圈圈
地卷起鱼线。鱼线的尽头出现的是一个白色的不明物体。

那就是小雏。准确来说，那应该是小雏的尸骨。

朋友当机立断报了警。很快警察就赶到了现场，带走
了小雏的尸骨。悠闲的钓鱼场所立刻就变成了犯罪现场。

回家之后，我上网查询了相关新闻。这才知道小雏原
来是个古人，而且她所生活的时代距现代有相当长一段时
间。但由于找不到尸骨的其他部位，因此也无法获得更多
关于小雏的信息。新闻报道中，警方也没有提及是否有犯
罪团伙的参与，她的尸骨连文化遗产都算不上，最后只能
被保管在一个我从来没有听说过的部门的储藏室中。估计
要堆在那里落灰了。

但是，这个事件中最重要的并非放在储藏室的尸骨。

我和朋友被一起带到了警局，接受了警方的问询。问询
结束后，我们两个有说有笑地回了家。我说："这次可是捅了
马蜂窝。"朋友也赞同道："我钓了二十年的鱼，从没遇上过
这种事。"我刚到家，朋友就发来消息约我下周换个地方，
继续一起钓鱼。我当即拒绝了朋友的提议：开什么玩笑，第
一次钓鱼就钓上尸骨，这可不是一句"新手运气不好"就能
应付过去的。因为钓上尸骨而筋疲力尽的我，就那样和着钓

鱼时穿的衣服，趴倒在床上迷迷糊糊地睡过去了。

　　大概过了两三个小时，我感觉有人在轻轻触碰我的肩膀，便醒了过来。

　　"您好？您好？"有个声音轻轻地说。

　　我睁开眼，面前是个全身沾满泥巴、穿着和服的少女。她正低头观察着我。

　　我不由得倒吸了一口冷气。正当我想要尖叫出声时，少女将手挡在我面前，一副"你先别慌"的样子，开口说道："我是为了白天的事，特意来向您道谢的。"

　　"啊？"

　　"之前我的尸体一直沉于多摩川河底。托您的福，我终于得以重见天日。因此我特意来向您道谢。"

　　啊……原来是因为我钓上了她的尸骨，她才来跟我道谢的啊。等等，尸骨？也就是说眼前这个少女是——幽灵[1]？

　　我用尽全身力气压制住自己想尖叫的冲动，一个劲地朝她摆手，道："没有没有，这是个巧合，真的，你不用放在心上的。"

　　"是这样的。我来自很久以前，那时还是江户时

1　日本的幽灵相当于中国的鬼。日本传说中，幽灵是已故之人的灵魂，为了完成了自己的遗愿或执念才出现在世上。当他们的心愿完成后就会"成佛"，消失在人世。

代……"

"……江户时代啊。"

她十分突兀地讲述起自己的生平。仿佛历史剧中的旁白介绍登场人物一般,她详尽地向我介绍了自己的生平。

"是的。因为前一年的瘟疫,父母相继病逝。亲戚们又强逼我与不爱的男人结婚。我拒绝了他的提亲后,他便叫手下的武士来取我的性命。武士们杀了我以后,将尸体抛入河中。在那之后,我的尸体便沉在河底无人问津。随着时间的流逝,我身体其他部位的骨头被水冲走,不知漂去了哪里。"

"啊?这男人也太过分吧?"

我突然无比心疼眼前的幽灵。这个男人的心胸也太狭隘了吧?而且雇凶杀人是犯法的吧。还有少女的亲戚,结婚是事关两个人一辈子的事情,怎么能逼她跟不爱的人结婚呢?那些人就因为她不是自己的女儿,所以干起这种事来就不心疼了吗?

"是吗……"她一脸困惑地偏了偏头,接着说道,"总之,请务必让我报答您的恩情。在您就寝之前的这段时间,如果有我能做到的事情,请您尽管吩咐。"

"就寝之前的这段时间……?"

　　虽然我不知道她指的是哪一段时间，但总之，她得先洗个澡。我将她浸满泥污的和服脱了下来，再将这个像是在泥水里打了一天滚的巨型犬一般、浑身是泥的少女泡在了浴池里，准备给她洗个澡。在她的和服背后，从肩膀处到臀部，有一道巨大的刀痕。看到这道裂痕，我的心揪作一团。紧接着，一股对杀害了她的武士的愤怒便充斥我全身的每个细胞。该死的武士，你给我早点去死，现在就给我去死！我因为出离地愤怒而全身发抖。她明明什么都没做错，却早早地丢了年轻的生命。但杀了她的恶人却没有得到任何报应，反而圆满地迎接了他们人生的终点。

　　"你叫什么名字呀？"我一面替她洗着头发，一面问道。泡在浴池里的少女一脸"我实在不配让您这么做"的恐慌，头垂得低低的。她的头发和土粘在了一起，为了一束束将之分开，我费了好大的劲。该死的武士。要是你投胎到了现代，现在就给我去死！

　　"回您的话，我叫小雏。"

　　"那我就叫你小雏了。小雏，这名字真好听。我叫繁美。听起来有点绕口吧。"

　　"繁美小姐。"

　　"叫我繁美就行啦。"

"是吗……称呼您繁美就可以了吗……"

每次回忆起我跟小雏第一次见面的情景，我都感动不已，几乎要流下眼泪。那时，我们虽然对彼此的情况一无所知，但都充满想去了解对方的欲望。这就是所谓恋爱的开端吧。青涩的对话，这是多么美好啊。

"也就是说，你钓上来尸骨，然后幽灵就出现了？"阿喜冷淡地说道，打断了我的回忆。也是，阿喜不相信我也情有可原。但我正沉浸于甜美的恋爱中，根本不关心阿喜的反应。

"她可不是普通的幽灵！她是幽灵中最性感、最聪明、最完美的！"我气势十足地反驳道，随即往嘴里灌了一大口烧酒。既然谈到的是我的恋爱历程，那我必须堂堂正正、气势十足地讲述。要是对方不相信我，只能说我们不适合做朋友。

"……噢噢，也就是说，你正在跟一个不同寻常的存在谈恋爱。"

不知道阿喜是因为喝醉而丧失了判断力，还是从头到尾就没打算相信我的话，并且打算看我出丑。他对我说的没有任何疑问，只是顺着我的话应和道。

"对，她可不一般！"我心中涌起了满满的自豪感。对，小雏可不是一般人。

"是吗？说得我也想跟这种女孩交往一下了。"阿喜趴在桌上嘟囔道。他摘下眼镜，用湿毛巾擦了把脸。阿喜摘下眼镜后和他戴着眼镜时，简直就是两张脸。摘下眼镜后，他整张脸就变得平平无奇，扔到人群中就再也找不出来了。每次看到他摘下眼镜，我总感觉自己好像看到了什么不该看的。我突然想起阿喜跟我抱怨过，之前他摘下眼镜准备跟一个女孩上床，女孩一脸惊讶地盯着他的脸，仿佛他是什么陌生人一般。现在想来，当时那个女孩的惊讶也是情有可原的。不过，现在这些都是无关紧要的小事。

"哼，那你也去钓钓看呗。不过，像我和小雏这样命中注定的爱情，可没那么容易遇到哦。"

"我就这么跟阿喜炫耀了一遍我们的爱情。不过，要是阿喜真的去钓鱼，那他就真是脑子不好使。"我向小雏总结道。

小雏一脸"你说得对"的表情，敷衍地点了点头，便按摩起了我的左腿。她嘴里哼着英文歌，也不知道是什么时候学来的。我仔细听了听，是碧昂丝的歌。而且小雏唱得十分标准。小雏的一举一动总能给我带来惊喜。她一点都不像传说中的幽灵。

"要是小雏你的人生写成小说，一定是硬汉派[1]。而且还是融合了科幻、恐怖、奇幻元素的那种。"

"要这么说的话，繁美之前的人生就是无聊的小说啦，看得人会打哈欠的那种。"

"哈哈哈哈哈哈哈。"

"嘻嘻嘻嘻嘻嘻嘻。"

笑声在浴室里回响，环绕在我和小雏身边。

"好啦，按摩完啦。"

小雏拍了拍手。看到我的笑脸，她也露出了微笑。

从浴室出来后，小雏穿上了一套阿迪达斯针织运动服。她身上散发着一股好闻的香味。我一直在说话，于是她自己去了梳妆台，正啪嗒啪嗒地往脸上拍化妆水和乳液。看着她一脸严肃的表情，我不禁笑出了声。保护小雏白皙的肌肤也是我的任务之一。不过，就现状而言，小雏的活动时间只有晚上，因此我不用担心她会被阳光晒伤。

"我以后每天都会帮你清洗身体的。"

"嗯，麻烦你啦。我总是一身泥泞。"

不知为何，每天晚上出现时，小雏的身体都会自动变

1　硬汉派，由达希尔·哈米特开创、雷蒙·钱德勒发扬光大的一种犯罪小说形式，主人公多为硬汉形象。

回刚出现时的模样。最近，有些时候她还会模仿幽灵，幽幽地说着"我……好……恨……啊……"出现在我眼前。她仿佛把它当成一项惹人发笑的特技。每当看到她扮成幽灵的模样，我都笑会得前仰后合，小雏也会摆出一脸得意的神情看着我。

　　眼下，我最重要的目标，就是偷偷从那个不知名的储藏室里偷出小雏的尸骨，好好把它供奉起来。虽然小雏总是劝我："没事的""没必要的""我已经不在意啦"，但我还是希望能让她的尸骨得以安葬。更何况，每当我想到小雏的尸骨孤零零地待在漆黑的储藏室中，就心疼不已。有时我也会担心，要是供奉起小雏的尸骨，说不定现在的小雏就心愿得了，继而成佛[1]。不过没事，到时候再去钓起她的其他骨头就好。遭报应也无所谓。小雏也说，到时候请我务必再次把她钓上来。据小雏自己说，待在土里实在是太寂寞了，她再也不想在那里待着了。

　　小雏躺在沙发上，头枕着我的大腿。她手上正拿着牛油果片往嘴里送，眼睛则一动不动地盯着电视。我抚摸着她又细又长、如丝绸一般柔软的长发，为她的一切而着迷。

1　成佛，指幽灵等从烦恼中解脱，或是遗愿完成后升天。

钓骨

　　《钓骨》出自中国明朝笑话集《笑府》，讲述的是绝世
美人杨贵妃和豪杰张飞的故事。在日本的改编版本中，主
人公变成了幽灵小雏和幽灵五右卫门。以下为本故事的落
语版本的梗概。

　　相传，帮闲繁八被富家少爷带去河上旅行。他并不热衷
于钓鱼，但当主人提出要奖赏钓到最多鱼的人时，他还是努
力了一把，最终钓出了一副尸骨。一开始，他厌恶地将尸骨
扔进河中，但在少爷的要求下，他不得不将其供奉在庙中。

　　次日凌晨，有一个女幽灵前来敲门。她称自己原来是岛
之内的一家纸袋铺店主的女儿，名叫小雏。她父母因为得
了流行病而撒手人寰，家里的店被别人夺走了，之后她又被
亲戚强行指了一门亲事。多重打击之下，她便投身于木津川
以寻求解脱。托繁八的福，她终于得以成佛，因此想向他报

恩。于是两人度过了美好的夜晚。

邻居喜六听说后十分羡慕，无奈却一直钓不上尸骨，不过最后在隅田川的小岛上找到了尸骸，便将其供奉在庙里。晚上，一个体格健壮的男人敲响了喜六家的大门，他自称于京都三条河原处刑场[1]被五马分尸，最终尸体被曝晒于大河中洲的石川五右卫门[2]，特来向喜六报恩。

喜六说道："啊啊，所以你来打破锅[3]呀。"

---

1 即京都市三条大桥附近的河畔，据传从室町时代起便是乱坟岗，从江户时代开始逐渐演化成了处刑场。
2 传说石川五右卫门曾组织盗贼团伙反抗丰臣秀吉的暴政，劫夺大名、富人、商人及神官的财产分发给穷人，因此被称为义贼。由于其忍术高明，出入守备森严的大名官邸如入无人之境，因此声名大噪。最后因刺杀丰臣秀吉未遂，被押送至京都的三条河原，受烹刑而死。
3 日语中"打破锅"有以男色侍寝之意。

嫉
妒

　　你总是嫉妒心深重。你是个嫉妒心很重的女人。一旦
发现丈夫身上有不对劲的地方，心里便会燃起熊熊的嫉妒
之火。当嫉妒之火烧遍你全身的每一处时，便再也没有人
能够阻止你了。

　　嫉妒情绪发作时，你会将身边的东西都扔出去。不幸正
好在你身边的东西可倒了大霉。你会一个劲地摔它们。

　　假如你妒火中烧，又正好在卧室，你就会先从枕头扔
起。你会先把丈夫的枕头扔出去。抱起枕头时，你突然想起
初中时跟同学们一起参加修学旅行[1]的经历。你想起修学旅
行时，在旅馆中，晚上班里一群女生相互扔枕头玩的场景。

　　你将枕头扔了出去。在这个放了一张双人床后就不

1　修学旅行，日本学校的课外活动之一。各学校自行组织学生组团参加旅行，旅行地
点有国内也有国外。旅行为自愿参加且自费，如果学生不愿意参加或是因为经济状况
而无法参加，可在学校单独补课。

剩什么空间的卧室里，你抓着枕头，用力地挥动着手臂。枕头砰地砸到了丈夫的脸上，又落到了地毯上。与你初中时代的同学不同，他不会将枕头扔还给你，因此你觉得十分无趣。你又将自己的枕头扔了出去。枕头砸到了丈夫的腰上。但他一动不动，丝毫没有打算接住你扔过来的枕头的想法。你的枕头也孤独地落到了地上。

看着地上的两个枕头，你突然意识到，几十年前的那种快乐时光已经一去不复返了。那时，你们居住在旅馆中，榻榻米地板上是你们的地铺，铺得满满的。枕头是旅馆准备的，外面是镶着土气蕾丝花边的碎花布枕套，里面填满了红豆。你们穿着写有自己名字的运动衫，踩在地铺上，扔着这些塞满红豆的枕头。枕头里塞满红豆，手感不是轻飘飘的，砸人时能对别人造成一定的伤害。你和同班的女同学们就把这些枕头当作炮弹一样扔来扔去。有些人笑得喘不过气来，索性躺在了地铺上，一边笑一边打滚。还有些人把头发都吃进嘴里了，运动衫也被扯了下来，却依旧不肯认输。那时，你被枕头迎面砸中，倒在了地铺上，鼻血流了出来，将枕头染红。

现在这两个枕头静静地躺在地上，与你记忆中的枕头毫无相似之处。枕芯里填满了高级羽毛，软硬适中，头枕上去仿佛身处天堂般无比舒适。它们是你结婚时宾客送的礼物，上面还用红线和蓝线绣着你和丈夫名字的首字母。当你将之扔出去时，它们仿佛张开了翅膀，轻飘飘地在空中飞行。也就是说，对你而言，扔这种枕头跟没扔一样。

这枕头扔着真没劲，明天一定要去买个专门用来扔的枕头！嫉妒情绪发作时，你甚至会这么想。但等到了明天，你的嫉妒情绪过去之后，你就忘了这回事。

你对轻飘飘的枕头失去了兴趣。你将自己穿着的拖鞋踢向丈夫。拖鞋如同两枚小型导弹，在你的操控下，圆弧形的前端狠狠地撞到了丈夫的小腿。丈夫受到拖鞋的攻击，下意识地嘟囔了一句"痛死了"。

他还有脸嘟囔痛死了？他这点微不足道的疼痛，根本无法与你心中熊熊燃烧的妒火相提并论。他的嘟囔反而助长了你妒火的燃烧。

你抓起床头柜上的文库本向丈夫扔过去。文库本又小又薄，几乎没有什么攻击力。但你心中的怒火终于减退了几分。这下总算让你丈夫清楚地了解到你现在正妒火中烧了吧，你想道。下次得去买本砖头般厚的百科全书。不，要买两本。左右手要各拿一本，这样扔出去才算解气。

你将摆在柜子上的相框一齐推到了地上。银质相框里裱的是你们甜蜜的回忆，有你穿着婚纱的照片，有蜜月旅行时你抱着树袋熊的照片。相框划过柜子表面，发出吱呀的声音，接着便从柜子边缘掉了下去。你怀着恶意想道，要是直接掉到地板上就解气了，那样发出的撞击声可比现在大得多。相框掉在地毯上，背后的塑料支架被摔碎，塑料碎片散落了一地。丈夫有些惊恐地盯着塑料碎片。看到丈夫的表情，你突然觉得相框掉在地毯上也是个可以接受的结果。

你气势汹汹地环视四周，寻找着下一个猎物。但卧室中已经没有其他东西可以给你扔了。你本就是个爱干净的人，不喜欢把房间弄得乱糟糟的。再加上前段时间，你读到一本女性杂志，上面详细介绍了房间布置与夫妻情趣之间的关系。其中有一条就写到，房间越整洁，丈夫在进行那种交流时就会越认真。因此，你越发重视卧室的整洁了。

实在找不到其他猎物了，你的目光最终锁定在窗帘上。这个窗帘是定制的二级遮光阻燃窗帘，有一定的厚度，价格不菲。你一边大声喊叫，一边用尽全身力气将窗帘从滑轨上扯了下来。阻燃窗帘与你的妒火进行了短暂的斗争后，最终输给了后者。它发出啪唧啪唧的声音，一点点地从滑轨上脱落，最终啪嗒一声，彻底掉在了地上。你的目光立刻转向了另一袭窗帘。新的一轮战斗又打响了。

到最后，你伫立在地板上，左右两边躺着两袭窗帘。你的姿态像极了神话中摩西分红海的样子。丈夫躲在卧室的角落，一脸茫然地注视着你的举动。一旦和你的目光对上，他就移开了视线。你的妒火还在熊熊燃烧。你做的这些行为还不够你发泄。但房间里已经没有其他东西可以破坏了，你只能站在"红海"正中央，连喊带叫地大声哭泣起来。你嘴里吐着恶毒的诅咒，肩膀一抖一抖地抽泣起来。破坏欲得不到满足，只能发泄情感了。嫉妒情绪发作时，卧室并不是一个特别合适的场所。

公认的最合适的场所是厨房。假如你正妒火中烧，又恰好在厨房，你的神情都会因此而生动几分。

你会先拿从百元店[1]买来的碗碟开始扔起。碟面画有拙劣鱼形的白色小碟子。周身画有龙、随处可见的拉面碗。画有茄子和番茄的大圆盘。毫无特点的黄色马克杯。腰身鼓鼓的小酒壶。每次去百元店，你都会买上不少碗碟。你从不仔细挑选，因为它们终究都难逃被你摔碎的命运。你只管一个劲地把它们堆在购物篮里。毕竟有备无患，你告诉自己。

---

1 百元店，这里指日元。店内出售的所有商品都是单价100日元（不含消费税），折合人民币约6元。

你一个一个地将它们扔出去。它们摔在地上，碎成了几块。你身边落满了瓷器碎片。有时候碎片还会溅起来，划伤你的手臂或小腿。你丝毫不在意这点小伤口，这些小伤口怎么可能影响你的发挥呢？你甚至会因为这些伤口而感到自豪——看，鲜红的血液与雪白的瓷器碎片交相辉映，在这之中，你便是电视剧中的女主角。

百元店的碗碟被摔完后，你就进入了下一个阶段。你的手将会伸向那些不太昂贵的碗碟，譬如宜家的法格里克天蓝色系列的碗碟，抑或是无印良品的白瓷碗碟。从塑料饭碗到小杯子，无论是碟子还是汤盘，只要落入你的魔爪，便难逃被摔出去的命运。你不管自己抓到的是什么，也不管这些东西耐不耐摔，只要摸到了，便死死将它抓住，狠狠地摔向地板。涂漆的塑料饭碗被你用力摔到地上之后又反弹起来，骨碌碌地滚向了远处。

但厨房中唯有两套餐具，是你无论如何都不会碰的。一套是设计精美的则武[1]骨瓷茶杯碟，另一套是设计简约的阿拉比亚[2]碗碟。这两套餐具都是你精心挑选的，是你一件一件买回来且花了很大功夫才凑齐的，它们是你厨房里最

1　则武（Noritake），日本知名瓷器品牌，以设计精美而闻名。
2　阿拉比亚（Arabia），芬兰知名瓷器品牌，其设计风格简约，充分发挥材料的自然属性。

珍贵的宝物。无论你有多不理智，都不会碰这两套餐具一分一毫。你清楚地知道什么能扔、什么不能扔。在任何情况下，你都不会丧失这份判断力。你丈夫现在正双手抱着头，蜷缩在餐桌底下。

没有餐具可扔以后，你便一把扯下印有蓝色圆点的围裙，把它摔在地上用力踩踏起来。接着，你开始一拳一拳重重地砸着水槽。水槽上残留的水珠被震开，如飞沫一般向四处溅去。你还是觉得不解气，便打开冰箱冷冻柜，一把抓出冻好的冰块，大口咀嚼起来。

你的妒火越旺，厨房就越狼藉。

你拿出长长的白萝卜，像挥舞球棍一般，用力将它砸向了餐桌。白萝卜应声折断，碎成几块掉在了地上。整个过程仿佛慢动作一般在你眼前播放。要不今晚就拿折断的白萝卜做个汤菜吧。将鱿鱼的墨汁挤得干干净净之后，再放在萝卜汤里，就是一道鱿鱼煮萝卜了。

紧接着，你的目光落到了角落里的纸箱上。纸箱里装着的是乡下寄来的苹果。苹果被你一个一个地掰成了两半。这些苹果的用途还挺广泛，可以用来做果酱或是苹果派，要不然，加到沙拉中，做个苹果沙拉也不错。你用力掰开了最后一个苹果。

厨房中已经没有任何可以破坏的东西了。你开始收拾厨房地板上散落的瓷器碎片。当你踩上地板时，那些细小的碎片受到挤压，在拖鞋底下吱吱地叫了起来。你与它们的惨叫产生了共鸣。你十分理解这些碎片的处境，比起你丈夫，你反而更能理解这些碎片的心情。

你开始收拾厨房。这并不意味着你的炉火已经烧尽了，相反，收拾厨房也是你发泄情绪的一环。你的炉火依旧熊熊燃烧着。

你与瓷器碎片仿佛有杀父之仇一般，瞪大眼睛寻找着碎片，无论多小的都不放过。你捡起最后一小块，将它放进垃圾袋中。接着你拿出熨斗，仔细地熨平了围裙上的每一条褶皱。你从冰箱里取出冰块模具，细心地在每一个空洞里填上同一高度的水，又把它放了回去。

你将自己制造的垃圾收拾干净后，扎紧了垃圾袋的口子。看着重新恢复整洁的厨房，你终于舒了一口气。现在，你心中的炉火终于平息下来了。漫长的一天终于结束了。

你看到了蜷缩在餐桌底下瑟瑟发抖的丈夫。你惊讶地开口道："你在那儿干什么呢？"然后，你哼起了歌。

你第一次知晓嫉妒的滋味，是在上幼儿园的时候。那时，嫉妒便在你年幼的心中长出了嫩芽。

　　你的初恋对象是幼儿园的男保育员。那时候，幼儿园的男保育员还十分少见。每当这位男保育员要抱起别的孩子时（悲伤很快就在你小小的身体中弥漫开来），你便尖叫着大哭出声。他一个个地抱起别的孩子，一个个地牵起别的孩子的手，你便随着他的动作，一次次地重复着你的哭声。等到了放学回家的时候，你已经哭得精疲力竭了。

　　男保育员向来接你回家的母亲报告了你一天的情况。他说："这孩子估计是想妈妈了，一整天都哭个不停。"听了这话，母亲摸着你的脑袋应道："是吗？你这样哭个不停可不行呀。"年幼的你仰头听着这两个大人的交谈，心中充满了不可置信——你明明正在经受着"爱情"的折磨。

　　下午发点心的时候，你看到男保育员在教别的孩子怎么吃点心，心中十分嫉妒。你气得捏碎了手里的饼干。周围的大人将其解释为你还没有办法完全控制自己的握力。

　　玩游戏的时候，你看到男保育员在帮别的孩子搭积木，心中十分嫉妒，便撞向那个积木搭成的城堡。你仿佛冷漠无情的神一般，自上而下推倒了积木之城。你趴在积木堆里，一小块一小块的积木硌得你生疼。不知为何，一个想法突然在你的脑海中闪过：积木很像蔬菜，堆在一起的积木很像放了很多蔬菜的咖喱。

　　无论处于人生的哪一个阶段，嫉妒都与你如影随形。

　　上小学的时候，你有过一本带奇幻插图的书，书中记载着各种各样的神奇咒语。你将里面写的所有跟恋爱有关的咒语都试了一遍，但没有一个奏效。于是你将那本书撕了个粉碎。你还尝试过黑魔法。为了祝愿喜欢的男生能早日摆脱女友，你还多次参拜神社。你还在瀑布下修炼过。你的房间里一直有为诅咒娃娃所设的一席之地。

　　初中的时候，你从喜欢的少年那里偷来了他的学生证。你走到哪里都带着它，直到毕业后才发现，他的学生证因为你的体温，已经变了颜色。所有跟他说过话的女生，都被你暗暗诅咒了一通。为了能跟他考上同一所高中，你头悬梁锥刺股，疯狂地补习。结果你考上了，他没考上。一想到他在另一所高中会与你不认识的女生交谈，你浑身的细胞便都叫嚣起来。每天放学后，你都要去他所在的高中侦察一番。

　　等你在如花的年纪成为女大学生时，嫉妒便在你心中开出了花。

　　有一次，你男朋友一连五个小时都没有回复你的消息，你深受打击，当晚就发起了高烧。

因为交往对象没有接你电话，你便每隔两分钟给他发一条语音留言。刚说完上一条，紧接着就得留下一条。为此你忙得不可开交。

你十分在意交往对象的前女友，于是坐着午夜巴士去了他的老家。在他老家，你仔细地向周围人打听了他的过往与恋爱情况。由于你的问询十分细致，不少人误以为你是私家侦探。没过多久，他老家就传出了你男朋友好像染指了不法行当的谣言。

你奉《源氏物语》为圣经。

喜欢上你的人、被你喜欢上的人，都遭受了痛苦的折磨。没有一个人能逃脱你的折磨。

你现在的丈夫就生活在地狱里，每天都要受你的折磨。他为什么会选择与你结婚呢？明明结婚前，他有很多次机会能察觉到你的不对劲。比如，你跟他一起约会时，他随意拿出手机看了一眼消息，而你就在旁边死死地盯着他的手机屏幕。他为什么没发现呢？

而你最厉害的一点就是，直到昨天，你都不觉得自己是个嫉妒心很重的女人。你从不觉得自己的所作所为属于争风吃醋。或许是因为电视剧里总是出现一些嫉妒到疯狂

的女人，你认为自己的举动十分正常。你坚信这是人在恋
爱或爱情中的正常表现。

哪怕你妒火中烧，在车库里徒手砸碎了环保节能车的
车窗玻璃。哪怕你妒火中烧，将快要完成的等着送给丈夫
的浴衣撕成了布条。哪怕你在丈夫的鞋底藏了定位系统。
哪怕你为了随时确认丈夫有没有与女人接触，每天锻炼自
己的嗅觉。你都不觉得自己的举动有什么不对劲。

因此，昨天丈夫向你提出离婚时，你首先感觉到的是
迷茫，随后才是惊讶。丈夫一条条罗列出你的异常举动，
说你的嫉妒心实在太重，已经跟疯子没有什么区别，他不
敢再跟你继续过下去了。被你逼到精神崩溃的丈夫，仿佛
是被抽走了最后一块积木的叠叠乐[1]，趴在桌子上不顾形象
地大哭起来。

你一向是个率真的人。听了丈夫的话后，你进行了深刻
的反省。更何况，迄今为止你一直没有意识到自己的错误。
因此，你再三向丈夫表达了自己真诚的歉意，并发誓之后再
也不会做那些事了，希望他能再给你一次机会。丈夫露出了
坚强的微笑，擦着眼泪，哑着声音同意了你的请求。于是你

---

[1] 叠叠乐，最早由莱斯利·斯科特（Leslie Scott）设计的一款积木，玩家需要交替从积
木塔中抽出一块积木放到塔顶并使其保持平衡，从而构建一个不断增高、越来越失去
根基的积木塔，直到它最后倾倒。

们一起享用了饭后甜品苹果派。

今天早上起床的时候，你感觉自己神清气爽。你觉得你即将变身成为另一个自己。一个与嫉妒无缘的自己、一个宽容体谅的妻子。你暗暗在心中发誓。

但是我有一个疑问：为什么您要进行自我反省呢？您为什么要做这种没有意义的事呢？他的手机里总是能收到奇奇怪怪的短信。有时候你能在他的口袋里找到印着不正经店铺广告的火柴盒。情人节他还会故意带那些一看就是别人亲手制作的巧克力回家。您心中的妒火是他亲手点燃的。说到底，这是他的错。是他让你怀疑他出轨，或者他真的出轨了，是他的错。

为什么哪怕丈夫做出了这些举动，您都必须大度地表现出包容呢？就算对丈夫的行为表示了不满，就算表现出了嫉妒心，这也不是您的错。您没有错，错的是您满嘴谎言的丈夫。

因此，我们希望您今后可以继续任由您的嫉妒情绪发作。请不要眼睁睁看着自己的特点被一点点磨平。

或许您已经有所察觉。您的"嫉妒心深重"，是一项十分优秀的才能。请您不要听信平庸人类的话。请不要亲手拔下自己的獠牙。这将会是整个世界的损失。

要是您丈夫继续在您和其他女人之间摇摆不定，您大可继续折磨他。假如他用离婚来威胁您，或者要您拔下自己的獠牙，您可以反过来抓住他的把柄，威胁他闭嘴。如果您找不到他的把柄，我们也可以助您一臂之力，提供相应的资料。我们相信您很快就能抓到他的把柄。

此外，由于您十分特殊，因此尽管您已经年过五十，您的嫉妒心却依旧如同开得正盛的鲜花一般动人。一般而言，随着年龄的增长，人的性格会逐渐变得圆滑。夫妻在共同度过漫长的岁月之后，对彼此的热情便会耗尽，对方的一举一动都无法对自己造成任何影响了。因此，不少妻子都会将注意力转向电视剧，在电视剧里的男性角色身上倾注自己的爱情，给自己编织一个虚幻的美梦。这也是个不错的方法。

您知道这世上有多少夫妻的脸上是这种心如死灰的表情吗？从古至今，我们看遍了这样的夫妻模式。令我们惊讶的是，您从未放弃过，您的嫉妒之花一直维持着盛开的状态。根据我们的数据显示，您是十分特殊的个体。

根据我们的计算，您的嫉妒之力支撑您长命百岁都不是问题。只是鉴于我们这里处于人手不足的状态，我们热切希望您能尽快赶来我们这里。您越早赶到，我们就能越早多一个人手。毕竟像您这样有热情的人已经越来越少了。死后能化作幽灵出现在人间的，都不是一般人。如果没有过重的嫉妒心，或是强烈的执念，那么这个人很快就会成佛。说句老实话，有时候看着她们过于顺从世间常理，轻易放弃自己的执念，我总是想叱责她们，或是激励她们坚持走自己的道路。她们的人生太过无趣，连作为观众的我都看不下去了。

而且，现在人间好像十分看不起嫉妒、执念这一类特质。拥有这些才能的人，总是被别人指责为幼稚，遭人白眼。因此像您这样的人才越发稀少起来。这真是个越来越糟的恶性循环。切断这种恶性循环，我们势在必行。

综上所述，我们长期面临着人手不足的情况。您各方面都十分符合我们的需求，我们非常期待您的到来。您已经拥有如此惊人的才能，我们相信您一定能迅速地在岗位上大展身手。我们为您准备了各种各样的显灵方式，相信一定会有您喜欢的。

您过世后，请务必联络本公司。

猫忠信

以下为本故事的落语版本的梗概。

小六和次郎吉都是净琉璃学徒，师从美丽的静老师，两人都对老师暗生情愫。一日，小六去排练《义经千本樱》[1]，他在其中担任一个配角，不料却撞见静老师和已婚的常吉在一起喝酒。妒火中烧的他急忙将此事告诉了次郎吉。次郎吉越想越愤怒，又将事情告诉了以嫉妒闻名的常吉之妻阿常。阿常愤怒地撕碎了常吉的和服，将家中的碗碟狠狠摔在地上，发泄完才冷静下来，跟次郎吉说常吉就在家中。

次郎吉对这个答案并不满意，便说服阿常与自己一同前往练习室，这才发现静老师旁边有个假常吉。假常吉诉苦道："以前鼠患盛行之时，有异人向天皇献计，只要将猫皮

---

[1] 《义经千本樱》，人形净琉璃、歌舞伎剧目，主要角色有：源九郎判官义经、义经的爱妾静御前、家臣骏河次郎、佐藤忠信，以及狐狸的孩子源九郎狐。义经将初音鼓用狐皮包裹托付给静御前保管，之后源九郎狐化为忠信的模样救过静御前。

扒下来做成三弦便能平息鼠患。我父母都是那时被扒皮做成了三弦，我几经辗转到了这里。我实在太思念他们了，只能化成常吉的模样来看看他们。"

次郎吉笑道："这下《义经千本樱》的角色可就凑齐了。吉野屋的常吉便是义经，这只猫骗酒喝（tada-nomu），便是猫忠信（tada-nobu）[1]，我这个骏河屋的次郎吉就是骏河次郎，静老师就是静御前。"

静老师应道："快别说傻话了，像我这样的多福[2]怎么可能适合（ni-a-u）扮演静御前呢？"

此时猫抬起头，叫了一声。"喵呜（ni-a-u）[3]——"

1　"猫白喝酒"为"ただのむ"（tada-nomu），"猫忠信"即忠信（ただのぶ，tada-nobu），此处为谐音梗。《义经千本樱》中化成忠信模样的狐狸在本故事中变成了猫。

2　多福，即在民间的神乐中使用的中年女性的面具。特征是三平二满，即鼻梁很低（平），额头下巴很平，两边脸颊肉鼓出来。此外，面具的眼睛狭长，底色为白色。

3　日语中的猫叫声为"にゃん"（ni-a-n），音近"合适"（にあう，ni-a-u）。

幽女出没的地方

这是他人生中最糟糕的春天。

小茂慢慢悠悠地晃进更衣室，将单肩包扔进自己的储物柜，精神萎靡地换上了工作服。更衣室里只有他一个人，四下静寂无声。

小茂抬头看向墙壁上挂着的日本精工时钟，这才注意到离上班时间没几分钟了。不知为何，最近他对时间的概念愈发模糊起来。是因为自己最近发呆太频繁了吗？他踢下脚上的匡威帆布鞋，换上公司统一发的黑色皮鞋。随手抓起一顶鸭舌帽罩在头上，他快步穿过昏暗的走廊，最后进入了一间贴着"第六车间"的屋子。领班的汀先生看到小茂，向他点了点头。看来他勉强赶上了。

大学毕业后，小茂没有跟任何一家公司签正式的终身雇用合同[1]，每天靠打工混口饭吃。不过，现在的日本无论男女，正式员工与非正式员工的比例都是五五开。当然，表面上是各占一半，其实正式员工的数量还要少。也就是说，似乎并没有必要强调小茂作为打工人的身份。但是如今小茂的精神与身体状态都十分糟糕，无论从哪个方面来说，他都只能胜任非正式员工的工作。

小茂与上一班的人进行了工作交接，站在流水线尾端，着手做他一天的工作。他的工作是商品质检。工作内容十分简单，只需确认流水线上源源不断运过来的已干燥成型的线香中是否有变形或折断的不良品。这种线香的香气十分独特，他以前从未闻到过类似的气味。因此，刚到岗时，他最大的难题就是如何习惯这种弥漫在整个工厂中的香气。时至今日，他已经习惯了这种特殊的香气。最重要的是，这种无须动脑的机械性重复工作，对现在的小茂来说，再合适不过了。

一年前的某一天，小茂丧失了所有干劲。他母亲自杀了。那天，他回到老家，迎接他的是母亲被毛巾勒着脖子、

1　日本公司与招聘的正式员工（正社员）签的是终身雇用合同。在公司正常运营、不重组或倒闭的正常情况下，基本不会解雇正式员工。与之相对的是派遣社员、契约社员（打工）。公司可以随时解雇这两类人。

悬梁自尽的身影。在悲伤袭来之前，他的第一反应是谁在跟他开玩笑。他觉得是母亲在逗他玩。因为在他印象中，母亲无论如何都不像个会选择自杀的人。母亲是个大大咧咧、精力旺盛，甚至可以说很聒噪的大妈。正是这样一个母亲，却这么死在了他面前。

在母亲的守灵夜，他还见到了许久未见的奥村。奥村是小茂母亲的情人，也是小茂血缘上的父亲。小时候，奥村总来看望小茂，陪他一起玩耍。但自从他升入高中以后，奥村与他见面的次数就变得屈指可数了。小茂从未将奥村看作自己的父亲，在他眼里，奥村只是一个经常造访他家的大叔。奥村的到来会让原就开朗的母亲变得更加开朗，因此他并不觉得奥村是个坏人。对小茂来说，每次奥村来访，他的注意力不在奥村身上，而是在关注着奥村的母亲身上。

在他小时候，奥村每次都会带着礼物上门。有时是汽车模型，有时是棒球手套和棒球。但奥村从没跟他一起玩过接球练习，只是单纯地将手套和棒球送给他而已。他只能这么安慰自己：奥村看起来不像是那种会与孩子玩接球练习的人。

有一次，奥村送了他一个摸起来十分坚硬的方形礼物。他打开一看，里面是一本绘本。绘本的封面上写着《野兽出没的地方》[1]，还画着一个坐在地上睡觉、长着两个尖角的怪兽，怪兽身后有一艘游艇。

那天晚上，奥村与母亲一同在客厅小酌。小茂就在两人视线可及的范围内，一屁股坐在地上翻着奥村送的绘本。因为直觉告诉他，这样做能让母亲开心。母亲和奥村大概是在看综艺节目，电视机里传来吵闹的人声。夏夜，温暖的风从窗户吹进来，小茂和封面上的怪兽一样，赤着脚席地而坐。

绘本讲的是一个叫作马克斯的男孩的航海故事。马克斯和小茂差不多大，乘着游艇，航行了"一年零一天"，终于在"野兽出没的地方"着陆了。马克斯在那里跟怪兽们一起跳舞，一起做游戏。虽然是一本面向孩子的绘本，但上面的怪兽一点都不可爱，它们有着庞大的身躯和狰狞的表情。不过，小茂特别喜欢这本绘本。他十分中意怪兽可怕的眼睛、锋利的牙齿和爪子。

最后，当马克斯玩累了准备回家时，怪兽们这么说道："我们十分喜欢你，甚至想吃掉你。让我们吃掉你吧，这样你就不会离开我们了。"

---

1 《野兽出没的地方》，莫里斯·桑达克经典系列三部曲之首，又称《野兽国》。其他两部为《厨房之夜狂想曲》（1970）和《在那遥远的地方》（1981）。

　　看到这里，小茂不禁打了个冷战，下意识地抬起头去寻找母亲的身影。母亲正红着脸，跟奥村有说有笑的。母亲那时的表情和绘本上的台词，深深地印刻在了小茂心里。

　　"原来她十分喜欢奥村，甚至想要吃掉他呀。"

　　他又看向奥村的脸。

　　"原来他十分喜欢妈妈，甚至想要吃掉她呀。"

　　奥村与母亲一样，脸上写满了幸福。

　　在小茂面前，奥村根本不打算掩饰自己的泪水。这个白发男人把埋在母亲棺木里的头抬起，脸上满是涕泪，然后笔直地向小茂走去。小茂惊慌极了，顾不上自己的举动是否合理，一直往后退，到墙壁前才退无可退。奥村毫不犹豫地一把抓起小茂干净的双手，紧紧地将之握住。

　　奥村在小茂面前泣不成声，边哭边断断续续地向他表达自己的歉意。将这五分钟概括起来就是："对不起""真的对不起""到你毕业为止，我都会负起责任养你的""真的真的对不起"。

　　奥村最后说道："原来最珍贵的人走了是这种感受。我现在才发现，但这一切都无法挽回了。"

　　奥村不知道拍了小茂的肩膀几次，也不知道抚摸了小茂的手几次。留下那句话后，奥村失魂落魄地小步离开了。
看着奥村渐行渐远的背影，小茂想道：原来人是会被疲惫
打倒的啊。他知道，随着年岁渐长，人会渐渐疲惫。但他
才二十岁出头，就已经体会到了与奥村同等程度的疲惫。
他一点都不恨奥村，或者说，他恨不起来。那晚，他就站
在房间的角落里，静静地看着大人们或流泪或愤怒的样子。

对一个正在寻找工作、即将面临社会巨浪的大学生来
说，这一切都是毁灭性的打击。他已经无法越过任何一波
社会巨浪了。他比孩子们用沙子堆起来的城堡还要脆弱，
一个小小的浪花就能令他崩溃。

小茂和同学们一起参加过就业指导说明会。在会上，
讲台上的各位学长滔滔不绝地分享着自己是如何保持心态、
怎么写出抓人眼球的应聘理由的。他听到一半就离开了，
此后再也没有参加过类似的说明会。哪怕只是听到别人慷
慨激昂的鼓舞，他心底都会涌起浓浓的疲惫之意。

小茂坐在中庭里褪色的木质长椅上，一边喝着咖啡，
一边等着朋友出来。他没有任何动力，也没有任何精力去
应聘工作。他为简历上的自我介绍而感到十分痛苦。人为
什么必须自我介绍，必须去应聘工作，必须去参加工作呢？
现在的他实在无法承受这一切。

　　整整齐齐的线香源源不断地在他眼前流过。他突然想起佛龛里和坟墓前立着的线香。自母亲过世后，小茂每天回家后都会在母亲的遗像前点上一炷香。此外，他还经常去母亲的坟前祭拜。墓地的氛围让他十分安心，只有在墓地里，他才能接受自己的母亲已经不在人世的事实。

　　有时候，站在母亲的坟前，他会听到微弱的歌声。小茂环视四下，可周围一个人都没有。虽然有些毛骨悚然，但他还是安慰自己，或许是谁家的墓中安装了音乐播放系统。随之而来的是无处安放的怒火。连这最后的安静都要被剥夺吗？！也正是在这个时候，他的女朋友因为受不了他的阴郁，从他身边逃离了。小茂其实很理解她的做法。她和自己同年级，也正面临着社会巨浪的冲击。要是在这个重要时期被他的阴郁感染，丧失了朝气，她便无法取信于企业、顺利融入社会了。现在的小茂无法带给她任何希望，只会带去绝望。

　　从某天开始，小茂的表姐突然像变了个人似的。她总是在短信或电话中装作漫不经心地提起："你别老去墓园看你妈妈了，她也不希望你老去那儿。"有一次，小茂顶嘴说："你是怎么知道的？"结果却换来她长久的沉默。过了一会儿，她才拿"嗯——反正我就是有这种感觉"之类的话应付过去。之前的表姐有些自卑，总是看别人的脸色行事。但最近，她变得仿佛能吃人一般，堂堂正正地挺直了胸膛。她好像突然变成了一个无敌的女人。

站在小茂身后的汀先生突然伸出手，挪开了其中一根线香。小茂仔细观察了那根线香。它看起来没有丝毫问题，无论是颜色，还是形状，与其他线香都没有区别。小茂一脸疑惑地看向汀先生。汀先生的表情几乎没有变化，只是朝他点了点头，就漫步走向了隔壁的车间。汀先生三十出头，戴着黑色边框眼镜，总是板着个脸。小茂一直猜不透他的想法，就像现在：汀先生朝自己点了点头，他想表达什么？

或许是因为他之前一直心不在焉，所以直到最近，他才注意到这家公司有些不对劲，特别是线香的制造过程，其中似乎有些不太寻常的地方。

比如将原材料与香料混合的工序。这道工序属于企业机密，因此在隔壁车间进行，与他工作的车间隔开。其他公司可能也有类似的情况，这一点并不稀奇。但是，偶尔碰到有员工忘记关上连接两个车间的门时，他从门缝中瞥见的场景便十分诡异。隔壁车间里总有两个年长女人在巡逻，在其中工作的员工还穿着和服，袖口甚至用精致的袖带绑了起来，这与小茂敷衍的工作态度形成了极大的反差。为什么要穿和服？他觉得十分不可思议。有时他还能听到从隔壁车间传来念咒一般的声音。一开始他以为是隔壁的员工在聊天，因此没放在心上。但他越听越觉得这些话不像是对人说的，更像在对混合原料的大锅说的。他仔细听了很多次，都没有听懂她们到底在说什么。

最令他无法置信的是线香的干燥过程。湿面条一般的成型线香被搬入他所在的车间后，由机器切割成均匀的长度，经过干燥，再顺着流水线运到他们面前，由他们挑拣出其中的不合格品。一般来说，线香的干燥过程需要一整天的时间。但在小茂的公司，这些如同被切割好的湿面条的线香只要经过负责人的处理，转到小茂面前时，居然就已经干透了。他出于好奇观察过负责人的动作，发现负责人会将手悬在线香上。这里面一定有什么秘密，他想道。

此外，这家公司本身也充满谜团。他是在从便利店领取的免费杂志中看到这家公司的招聘信息的。招聘广告印得十分粗糙，公司类型和工作内容都分辨不清，只有诱人的时薪印刷得十分清晰。一开始，他以为只是自己没有确认好，所以忘记了公司名。可即便是在去面试的路上，他也仍然无论如何都想不起公司叫什么来，当时，他吓出了一身冷汗。

那天有三个人面试他，汀先生也是其中之一。汀先生坐在左侧，穿着西装。坐在正中央的男人看起来年纪最大，他这么问道："我们公司有很多条产品线，业务十分广泛。在人手不足的情况下，调动可能会比较频繁。你可以接受这一点吗？"小茂表示了接受。当时他发自内心觉得一切都无所谓了，对于调动问题也是如此。录用通知电话是汀先生打来的。

小茂开始工作后才发现，公司里像自己这样年轻的男性十分罕见，反而是中年大妈居多。他一度还担心过自己会不会成为大妈们的偶像，会不会有大妈为了争夺他而大打出手。但没过多久，他就发现自己的担忧实属多余。这些大妈没有将他视为眼中钉，疏远或孤立他；也没有过分地亲近他，时刻关注他的一举一动。大妈们对他的态度只能算得上亲切。

周围的大妈们都对他一副无所谓的态度，并不在意他的出现或消失。小茂虽然一度为她们的这种态度而感到安心，但随着时间的流逝，他渐渐开始主动寻求建立人际关系。汀先生和自己年纪最接近，又同是男性，小茂曾觉得可以和他成为伙伴。但汀先生本人却没有丝毫想与小茂促膝谈心的意思。他对谁都是一视同仁，面无表情。尽管如此，大妈们还是经常会找汀先生搭话，无论他的回应多冷淡，她们丝毫都不会放在心上。可见，汀先生在员工之中很有人气。

小茂公司大楼的正门十分普通，看起来很狭窄。但大楼内部却极宽敞，光是车间就有几十个，似乎的确有许多条产品线。车间的数量仿佛会根据每天的需要不断增减，有时还会突然出现一些他从未见过的房间或楼梯。他只能这么安慰自己：自己刚来，还不熟悉公司的楼层和布局。他现在已经分不清现实和虚幻的界限了。公司门口的街道上种着一排樱花树，花开得正盛，仿佛世界的轮廓都模糊了。对当时的他而言，这份暧昧和模糊才是最温柔的。他已经很久没有与自己曾经的朋友交流过了。朋友们的一举一动都带着开始新生活后的朝气与积极，一刀一刀地扎向他脆弱的心灵。为了避免自己继续受伤，他尽量避免与曾经的朋友进行任何交流，只在家和公司两点一线间循环往复。

某个休息日，小茂和往常一样去母亲坟前扫墓时，听到了比以前更清晰的歌声。在这里播放音乐本来就很傻，现在就连音量都出问题了吗？他烦躁地掏了掏耳朵，想找出声音的源头，把机器砸个粉碎。歌曲是这么唱的：

"请不要……在我的坟……前哭泣……我并不在坟里……我并不在那里沉睡……"[1]

小茂有些意外。这是一首十分有名的曲子，某次与母亲一起看红白歌会[2]时，他听一个男高音歌手演唱过。他清楚地记得母亲当时一边啃着仙贝，一边赞叹道："这首歌不错。"再没有其他歌曲比这首更不适合在坟前播放了。究竟是谁？

歌曲到了高潮，开始循环同一句歌词：

"我并不在那里沉睡……我并不在那里沉睡……"

小茂这时才察觉到，这似乎是母亲的声音。是母亲的歌声！当他注意到这一点时，歌声似乎读懂了他的心思，立刻消失了。四周又恢复了安静。无论小茂如何倾听，都听不到任何歌声了。四下只有风声呼呼地刮过。小茂孤身一人，站在安静的墓地之中。

线香源源不断地从他面前被运过去。这些经过检验的合格线香将会被装进木盒中，外面包上印有用毛笔书写的"返魂香"三个字的包装纸，再运输到各个分销点。小茂并不知道这些线香点燃后是什么气味。他只知道这种线香是

1　歌曲为秋川雅史的《化为千风》（千の風になって）。

2　红白歌会，日本广播协会（NHK）每年播出一次的音乐节目《红白歌会战》，每年12月31日晚以现场直播的方式面向全日本及全世界播放。

公司的热销产品。某次中午吃饭时，他曾好奇地向同桌的大妈们问起返魂香点燃后的香味是怎样的，回应他的只有她们的笑声。他用筷子拨弄着盘中的炸猪排咖喱，向她们打听了另一件他十分在意的事情。

"你们不觉得，这家公司有时候有点奇怪吗？"

此时小茂已经恢复了不少，开始有了基本的判断能力。至少可以分辨何为正常，何为不正常。他不再像之前那样频繁地去母亲坟前祭拜了，次数减少到了两周一次。去祭拜的时候，也听不到母亲的歌声了。他有种预感，如果自己再频繁地到母亲坟前去，或许能再次听见她的歌声，只是他担心那样会让母亲伤心。

"你要这么说的话，我倒是觉得公司这种组织本身就挺奇怪的。"沉默了一会儿之后，一个大妈吸着狐狸乌冬面 [1] 的油豆腐皮，开口答道。大妈的眼睛眯成了一条缝，脸形狭长，看起来十分像只狐狸。

"啊，不是，我不是指这个……"

正当小茂想继续说下去时，大妈们却都笑了起来，立刻不约而同地换了个话题，聊起了车站门口新开的甜品店。

---

[1] 狐狸乌冬面，又称油豆腐乌冬面，即乌冬面上盖有一张甜口油豆腐皮。传说狐狸喜欢吃油豆腐皮，因此得名。

"那儿的糕点师刚从法国进修回来呢！"

"那家店的萨伐仑松饼挺好吃的。"

"我记得那儿卖的好像是蒙布朗吧。"

"我还没去过呢，那家店的甜点真的有那么好吃吗？"

"那家店用的肯定是黄油，不是植物油脂。入口就感觉跟其他店不一样。"

小茂日瞪口呆地看着眼前的大妈们。"你要喝杯茶吗？"其中一个嘴巴大得出奇的开了口，打断了他的出神状态。她替他从热水器那儿灌了一杯茶。滚烫的热水溅到她手上，但她好像什么都没发生一样，面不改色地把茶递到了他面前。长得像狐狸的大妈从小布包里拿出萩月[1]，给周围的人一人分了一个。坐在桌子旁的人都欢呼起来。原来我到了一个不可思议的地方呀，小茂想道。

---

[1] 萩月，宫岛县仙台市的点心，外面是松软的蛋糕坯，里面灌满了卡仕达酱。

返魂香

以下为本故事的落语版的梗概。

八五郎住在长屋，每天晚上，他都能听到隔壁和尚敲钟
的声音，因此常常辗转反侧无法入睡。终于有一天，他下定
决心去隔壁诉苦。这才知道那个和尚叫岛田重三郎，曾是个
武士，也是高尾太夫的丈夫。高尾太夫被仙台伊达家族的伊
达纲宗看上，但她誓要忠于重三郎，因而香消玉殒。

八五郎看着岛田将返魂香点在香炉上之后，高尾便现了
身。他十分心动，也想见到自己三年前死去的妻子，因此向
岛田讨要了返魂香。岛田说这香只在自己和高尾之间起作
用，拒绝了他的请求。

离开岛田家后，八五郎立刻去了药铺。但因为记错了名
字，他买到的是越中富山的返魂丹。一到家，他就把返魂丹
放在香炉上燃烧起来。烟雾缭绕之时，他却一直没有看到妻

子的身影，于是将整袋返魂丹全部放入香炉中烧了起来。房
内弥漫着烟雾，他终于听到外面有人在敲窗。八五郎打开窗
户，开心地说道："这不是我妻子阿梅吗？"

　　对方回应道："不，我是住在你旁边的阿崎。我想问问，
这股臭味是从你房间里飘出来的吗？"

我的挚爱 *

　　每当我表示自己不知道桂花的香气是怎样的时候，周围的人总会露出一副难以置信的表情。因为从小患有慢性过敏性鼻炎，我从未闻到过桂花香。

　　每到秋天，走在我身侧的友人总会在某个时刻感慨："啊，桂花好香。"或是在路上，或是在转角处，当她们说出这句话时，声音里都透着强烈的激动。而这时候，为了避免麻烦，我总是会敷衍地应和几句"真的呢""桂花好好闻啊"。我从小就得定期去耳鼻咽喉科报到，鼻孔被各种各样的细长机器戳过。这些机器吸出我的鼻涕时发出的吱吱吱的声音，以及透过鼻腔黏膜传来的冰冷，都让我感到厌恶。这些厌恶在我心中累积，因此，我能自己做主以后，就再也没去医院复诊过，全靠药店卖的非处方药勉强应付病情。一想到要向她们解释这些事，我就提不起劲来。每当听到她们的感叹时，我只会觉得"啊，原来大家都挺喜欢桂花香的啊"。当我坦言自己对桂花的香味一无所知时，还会被周围的人视作冷血之人，进而被疏远。明明大家对其他花香的反应都不大，提到桂花香却像变了个人似的。或许桂花香对所有人来说都十分特别吧。

我甚至还遇到过说想要桂花味香水的人。说到香水，其实我也闻不出味道，因此从未主动购买过。以前我也曾喷过几次别人送的香水，但很快我就觉得自己像个傻瓜，非要专门往身上喷些自己闻不到的味道。想通了以后，我就再也没有喷过香水。

闻不到气味后，可以自动排除很多选项。比如，不知何时流行起来的精油和线香，我对它们毫无兴趣。还有据说点燃后会散发出好闻香气的香薰蜡烛，我也从未购买过。杂志或广告上总能看到一些宣传语，说这些香薰产品能缓解疲劳、治愈人心，是愉快生活的必备之选。照他们的话说，那我应该是个从未得到过治愈的人。因此，有时我也会对被香气治愈的体验产生好奇。

尽管如此，我对自己现在的生活已经很满意了。前段时间，我偶然在网上看到一篇报道，说精油对猫咪的健康有害。那时，我突然庆幸起自己的过敏性鼻炎来。托它的福，三花还活着的时候，我从未在家中摆过类似的东西。假如我是个嗅觉灵敏的人，又不知道这个信息，说不定家里就摆上精油了。网络对我来说不是必需品，但我也不否认它的便利。根据网上的信息，薄荷类香气好像对猫咪有害。幸好我从未买过任何带强烈香气的植物。看到这个信息后，我再次感激起自己的鼻炎，感激起自己与香气无缘的人生来。

自前段时间猝不及防地患上感冒以来，我的身体状况便一直不是特别好。因此，尽管供奉在佛龛里的线香烧完了，我却没有及时出门补货，而是用从父亲房中抽屉里翻出来的线香代替。自父亲去世以后，他的房间就再也没有过任何变化，仿佛时间静止了一般。我对在佛龛上香这件事没有任何抵触。我想，这或许是我嗅觉失灵导致的吧。我闻不到这些东西的气味，所以于我而言，供奉给先祖的线香与取悦自己的熏香并没有多大的区别。我点燃了线香。它仿佛是想继续伸展一般，细细的线上延伸出了另一条细线。细细的烟像是一个脱离了躯壳的柔弱魂魄。我伸出手，想触碰这个柔弱的魂魄。但它像试图避开我的手指一般，不断地向上飘浮，最后消散在空气里。魂魄在我们眼前消失后，将前往何处呢？

看样子这些从父亲房间里找出来的线香没有什么问题，

因此，接下来我就准备靠剩下的线香应付一阵子了。其实我本身就是个不太在意细枝末节的人。只是不知道那盒线香是何时留下的，我发现它的时候就只剩下大约半盒。不久之后，我的身体渐渐恢复了，差不多每天都会去商店街逛逛，买点东西回家。但每次路过线香店，都会想到家里还有那盒没用完的，就打消了进店购买的念头。我更在意的是每天的菜价。今天的芦笋一根就要八十八日元[1]。

后来有一天，我和往常一样往佛龛上点完香，就进入里面铺有榻榻米的房间去叠衣服了。这时，我听到了清晰的说话声。

"您好，不好意思打扰您了。"

听起来对方好像有些难为情。我猜可能是推销员之类的人上门了，于是透过窗户往外看了一眼。门外空无一人。

"您好，不好意思，我在佛龛附近。"

我转过头，这才发现空中飘着一个戴着黑框眼镜、穿着西装的男人。幸好我是坐在地上叠衣服的，要是我站着，这个场景估计能把我吓得摔在地上。我坐在地上仰头看着这个男人，心里充满了惊恐。

"您好，不好意思吓到您了。请您放心，我不是幽灵。

1　折合人民币约为4.34元。

我在这个线香制造公司工作。"

我这才发现，这个男人的左胸口别着一张胸牌，上面写着"汀"。

"汀（migiwa）[1]……先生您好。"我小心翼翼地向他打招呼。

"您好，我的名字念汀（tei）。"

他这么一说，我才注意到，他的日语发音夹带着些特殊的口音。

"汀先生您好。您日语真好。"

"您好，谢谢夸奖。"汀先生十分冷静地谢过我的夸奖，语调平稳地开始了自己的叙述，"本来应该向您递上我的名片的。实在不好意思，我现在这副样子，也没法递上自己的名片，望您海涵。"

他飘在我家的佛龛上。无论他表现得多么礼貌，都无法消除我心中的惊愕。但我还是压下内心的惊讶，认真听起了他的话。

"是这样的。您现在正在使用的是我们公司的产品，但似乎您还没有体验到该产品的功效。"

---

1 "migiwa"是日语发音，后文的"tei"是外语发音。这里指"我"以为他是日本人，结果他是外国人。

"功效？什么功效？"

"您好，是这样的，该产品并不会百分之百发挥功效。但在连续使用一两周后，几乎所有顾客都会反馈，他们都曾见到过自己过世的爱人显灵。"

"啊？原来它是有这种功效的线香？"

"是的。线香出厂的时候是经过严格的品质检查的，出现不良品的可能性微乎其微。但由于各位顾客的情况不尽相同，请允许我冒昧拜访，上门检查产品的质量。近来，我们也十分重视网上的顾客评价，希望尽可能地让每一位顾客都对我们的产品满意。我现在就能为您调整线香，您如果不介意，能告知我您的挚爱的名字吗？"汀先生的表情十分认真。

要说我的挚爱，应该是我的父母了。可就算父亲此时在我面前显灵，我也不知道有什么能对他说的。母亲很早就过世了。她过世后，我与父亲一起度过了漫长的岁月。我已经习惯了这种与沉默的生物共同生活的日子。直到现在，尽管父亲已经去世了，但有时候我仍然会觉得在这个家中生活着的不止我一个，仿佛家中还有另一个沉默的生物居住着。年轻的时候，我也谈过几次恋爱，但终究没有与他们走进婚姻的殿堂，时至今日，我已经记不起与他们共度的时光了。此时，我突然想起家里有过的另一个沉默的生物。

"它叫三花。"

"好的，是三花女士吗？"

汀先生看起来仿佛有些惊讶，但是他的表情几乎没有变化。原来他是个没有表情的人，我想道。但他的声音十分温柔，仿佛能让人卸下心中的紧张。

"三花是我家的猫。它刚来我家的时候，我快三十岁了。它活到十九岁，寿终正寝了。我父亲去世后，一直是它陪伴在我身边。"

这么想来，尽管我丧失了嗅觉，没有被香气治愈过，但在这十九年间，我一直被三花治愈着。它柔软的皮毛、跳到我腿上时的娇小身躯、如同撒娇般的喵喵叫声、望着窗外时的姿态、刚睡醒时的表情……三花的一举一动都给我的疲惫心灵以治愈。随着时间的流逝，三花年纪越来越大，身体状况也越来越差。在它生命中最后的那段时间，我得定期带它去宠物医院看病，并且在家精心照料它，尽管这个过程十分劳心费力，但三花的存在依旧能治愈我。三花，不，猫咪是一种神奇的生物。

汀先生似乎没有料到我会这么回答，语速也突然快了起来："是我们疏忽了。'挚爱'的确包括非人类，这是我们公司的编程失误。真的很抱歉，我会立即向技术人员反馈这个问题。能麻烦您再给我们一周左右的时间吗？到时我们一定会让您见到您的三花小姐。"

"啊，嗯。"

虽然他说的事令我摸不着头脑，但如果真能如他所说，再次见到三花，我自是求之不得。哪怕无法抚摸三花，只能看着它，我也心满意足了。

汀先生飘浮在半空中，迅速地做好了笔记。他抬起眼睛，目光笔直地看向我。他的眼睛里仿佛都涌动着对工作的热情。

"此外，我们公司还十分注重产品的香气。按照产品的设计，它会随着使用者的喜好而改变自身的香气。但我在这里也没有看到任何相关的数据。如果您有什么喜欢的香气，也烦请一并告知我。"

"啊，我闻不到气味的。我鼻子有问题。"

"原来是这样。"他皱着眉头，似乎有些烦恼。

"其实，我连桂花香是怎样的都不知道。"

"您是说桂花吗？就我个人的感觉而言，桂花香其实类似于枇杷的味道。是甜香的气息，但并不发腻，闻起来很清爽，有股怀旧的感觉。"汀先生表情严肃地回答我，脸上没有丝毫笑意。

枇杷的味道。想到枇杷，我的鼻子深处突然痒痒的，仿佛闻到了桂花的香味。我第一次遇到能用语言来解释香味的人，而且是用一种我已经知道的味道来形容另一种我不知道的香味。原来还有这种解释的方法。我有些讶异，仔细观察起汀先生的表情。他仍然板着一张脸。

"那就请您调成桂花香吧。"

"您确定吗？"

"我确定。麻烦您了，谢谢。"

"我明白了。那就请您再等待一周左右的时间。今天打扰您了，不好意思。再见。"

汀先生礼貌地向我鞠了一躬，然后就消失在我眼前。

那天过后，我开始坚持每天使用这种线香。之后，我还去网上检索了相关信息。如汀先生所言，网上的确可以购买到这种线香。等手头的用完之后，就从网上订购吧。或许，父亲也是为了见到母亲，才特意买的这种线香吧。没想到他还有这一面。我轻轻地笑了起来。

还有两天，就到他说的一周后了。

葛叶的一生

　　"葛叶，你要是去做动物占卜[1]，结果肯定是属狐狸的！"葛叶身旁的年轻男子笑着说道。

　　"啊啊，嗯。等我有空做了动物占卜再说吧……"葛叶敷衍地应道。

　　葛叶长着一张狭长的脸，眼睛又细又长，因此从小就总有人说她长得像狐狸。再加上她又高又瘦，身形纤细，看起来就更像狐狸了。"长得像狐狸"，她从很早的时候就意识到这句话并不是夸她好看。因为学校里受追捧的那些女生身上看不到一丁点狐狸的影子。

1　动物占卜，1997年由弦本将裕发明，是世界上首个将人类的性格归为十二种动物角色并简单总结各种动物角色个性的心理测验。具体方法为根据出生年、月、日对照表格进行计算，将得到的结果与动物表相对照，得出自己所属的动物。一般分成十二种动物，进阶版分成六十种动物。

葛叶二十多岁的时候，日本发生了耸人听闻的格力高森永事件[1]。一个眼睛长得像狐狸的男子轰动了全日本。那时她还在公司当文员。听到这件事后，她恨恨地在心里咒骂起那个犯罪嫌疑人：你这不是让大家对狐狸眼的印象更糟糕了吗？我们这些长着狐狸眼的人还真得好好感谢你啊。葛叶父母的眼睛都又圆又大，身形也十分丰满，用动物来比喻的话，仿佛是两只狸猫。她还有个大她五岁的姐姐，长得也很像狸猫。葛叶就如同一只在狸猫窝里长大的狐狸。

这只狐狸很擅长学习。从小时候开始，她就没有遇到过自己不擅长的学科，甚至连体育课的成绩都十分优秀。只要葛叶开始学习，她总能很快发现这门学科的捷径。这条捷径十分坦荡，铺着平整的石板，没有任何崎岖不平之处。她只需要顺着这条捷径优哉游哉地向前进，很快就能看见光明的出口。有时她会听到同学抱怨学习好难，但她从来不明白那是一种怎样的感觉。

但葛叶并不觉得擅长学习是件好事。她一度因为自己擅长学习而提心吊胆。每当她考了个好成绩、在张贴的成绩排名表上看到自己的名字位列其他男生之前时，她就会

---

1 格力高森永事件，一起发生于1984年，以日本老牌食品公司格力高社长绑架案为始的系列投毒勒索案件。该案至今悬而未决。该犯罪集团自称"怪人二十一面相"，警方将主要犯罪嫌疑人锁定为一个眼睛长得像狐狸的男子（キツネ目の男）。

小心翼翼地观察起周围的同学。她十分担心自己是否会因为比男生更擅长学习而遭到疏远，或是因此而遇到一些不好的事。她甚至开始憎恶自己的捷径。要是这条路再长一些，要是这条路再崎岖一些，让她在这条路上摔倒，她就可以放心大胆地向周围的人展示自己狼狈的模样了。她就可以和同学们有说有笑的了。她就可以像一个普通的女孩一样了。葛叶十分讨厌受人瞩目。无论是在学校，还是在社会中，受人瞩目的女孩都十分孤独。据她的观察，所有受人瞩目的女孩都是这样，无一例外。

无论何时，她总是很快就能发现捷径。因此她能预判到事情的结果。有时候，她也会遇到无论如何努力都无法越过的障碍。这些是已经由历史证明过的，受社会情况所迫，各种数据已经证明了这些障碍一定会出现。当然，如果回归单纯的知识，她的捷径还是畅通无阻的。但一旦加上各种外在因素，葛叶就无法顺利前进了。遇到这些障碍，葛叶也束手无策。当然，历史也好，社会情况也罢，各种数据都已经替她证明了这一点：她在这种情况下一定会束手无策。

当她遇到这些障碍时，她还有另一个办法，那就是绕远路。但她并没有绕远路的打算。在她看来，保持不出风头的状态，保持不付诸全力的状态，保持不心怀不切实际的梦想的状态，才是人生的捷径。她并不觉得这是什么愚蠢的事。

葛叶高中时，学校要求她填写升学或就职意向的调查问卷。她理所当然地选择了就职，丝毫没有犹豫。老师们为之哗然，甚至有老师吓得从椅子上站了起来。

为此，老师们与她的父母进行了很多次面对面的沟通，有时是把他们叫到学校，有时则是登门拜访他们。老师们苦口婆心地劝她的父母让她继续读：

"如今这个时代，女孩有能力的话，还是要上个大学好啊。"

"您的女儿不是一般的优秀，这样可惜了呀。"

甚至有一次，教导主任亲自上阵，与她父母进行了谈话。葛叶也没想到老师们居然如此重视她，甚至连教导主任都出动了。她的父母本来就不反对她升学，只是顺着她的心意来，看到老师们诚惶诚恐的样子，心里也有些自豪，开始劝她升学了。对于父母的那些话，葛叶只是左耳进右耳出。

她的父母和老师们进行了多次讨论，最后以一句"毕竟她只是个女孩"结束了漫长的探讨。对，我毕竟只是个女孩。现在这样就挺好的。葛叶坐在父母身旁，看着老师们失望的眼神，心里觉得有些<u>不可思议</u>。

　　"你长得挺像狐狸的啊。"在公司的迎新聚餐上，部长
瞪着圆圆的眼睛，红着一张脸劝葛叶喝酒时突然感慨道。
葛叶开始了自己作为文员的职业生涯。她入职的是当地的
一家小公司，公司的部长总是毫无顾忌地打量着每个新来
的人，给人划分出三六九等。他死死地盯着葛叶，仿佛要
在她身上盯出一个洞来。葛叶是第一次遇到这种人，也是
第一次这样被人盯着看。此时，她才意识到自己是真真切
切地踏上了一个新的阶段，并因此而感到十分新鲜。她决
定要牢牢记住这一份体验。

　　聚餐是在一家不大的小饭店进行的，他们包下了这家
小饭店的二楼。现在，这间狭长的房间里，充满了男人、
女人的说话声和餐具碰撞的声音。她在心里暗暗惊讶道，
原来成年人也会制造出这么嘈杂的噪声。当然，这份惊讶
没有显露在葛叶脸上。

　　"是的，我经常被这么说。"葛叶微微笑着回答道。部
长心情大好，将手放在了葛叶套着丝袜的膝盖上。葛叶的
情绪没有丝毫波动。她并不觉得厌恶，也不觉得开心，只
是心底有些好奇：为什么部长这么执着于抚摸年轻女性的

身体？

　　这只狐狸很擅长工作。她的工作十分顺利。哪怕被派去做些杂活，如倒茶、拿打印资料之类的简单工作，她也不觉得是一种侮辱。

　　葛叶很快就找到了工作的捷径。她很快就找到了工作的诀窍，从不做多余的事。公司的机器出了问题，葛叶三下五除二就修好了。领导交口称赞她泡的茶特别好喝。她一眼就能看出男员工撰写的文件里的错误。只是这个公司十分无趣，甚至看不到女员工因为争抢优质男人而大打出手的场景。因此，她的优秀仿佛配着茶水一同享用的糕点一般，被送入领导的大嘴里，嚼碎之后咽了下去。

　　格力高森永事件发生后没过多久，日本政府出台了男女雇用机会均等法。这个以"主要目的在于确保男女在雇用关系上的机会均等"的法律，只是空头支票。也有几个女员工在茶水间或储物间抱怨这个法律不落到实处，但葛叶对此毫无兴趣，她的情绪没有丝毫波动。只有她们交谈时频繁出现的"女人"这个词，令她感到十分愉悦。对，我是女人。我只是个女人。

　　有时候看着公司埋头苦干的男员工，葛叶就会从心底里涌起一股怜悯之情，想替他处理工作。要是我来做，这种简单的事很快就能搞定了。社会真是不公平。男员工遇到不擅长的事，却必须装出一副擅长的样子。女员工遇到自己擅长的事，却必须装出一副自己不擅长的样子。有多少女人在拼命掩盖自己拥有的才能呢？又有多少男人在拼命发掘自己没有的才能呢？葛叶的脑海中突然闪过这个念头。随即她又想到，这与我又有什么关系呢？她很快就忘记了这个念头。

冬日的某一天，几乎所有员工都回家了，办公室里空荡荡的。葛叶将汤碗递给办公室角落里正在埋头工作的安倍先生。安倍先生是公司里最笨的员工，总是被领导当众责骂。他桌子上乱七八糟地铺着各种文件，穿的西服也皱皱巴巴的。他明明这么不擅长工作，为什么还要这么拼命呢？要是让我来做，这些工作五分钟就能搞定。

"安倍先生，你辛苦了。"葛叶出声道。她是发自内心地觉得安倍先生十分辛苦。她很同情安倍先生。

她将装有白色浓稠液体的汤碗放在桌上。善良但寡言的安倍先生一脸惊奇地发问道："这是什么？"

"是葛根汤，喝了能暖身子。"

温热的汤上冒起白色的水雾，在两人之间弥漫开来。

二十五岁的时候，葛叶和安倍先生结婚了。结婚后，葛叶就辞去了公司的工作，很快就生下了一个男宝宝。葛叶依旧走在人生的捷径上。

尽管安倍先生的确不擅长工作，但他是公司的正式员工，每个月有稳定的工资。而且，他是个十分善良的男人。他尽量避免在葛叶面前流露出对公司的不满或工作的疲倦，努力在她面前扮演一个坚强的男人。他可怜的模样勾起了葛叶的同情。这个男人是多么可怜啊。因此，葛叶在生活中会时刻寻找替安倍先生缓解疲劳的方法。所以，他们夫妻的感情也一直很亲密。夫妻感情和谐也是葛叶人生捷径中的一环。

葛叶对于自己的生活没有任何不满。无论是照顾孩子、处理家务，还是精打细算地过日子，这些对她来说都是手到擒来的小事。

很快，她的儿子上了高中。葛叶的生活一下子就轻松起来。她的丈夫和儿子都是好人。或许是因为儿子的基因好吧，她想。安倍先生非常照顾妻子和自己母亲的情绪，每年母亲节，他都会给她们一人送一支红色康乃馨。收到康乃馨后，葛叶的情绪没有丝毫波动。

葛叶始终提醒自己，要遵循人类女性标准的人生轨迹生活。她觉得这条道路是人生的捷径，对自己选择的这条道路没有任何不满。只是有一天，当她端详着镜中自己狐狸一般的细长眼睛时——哪怕年龄逐年渐长，它们也未曾改变过形状，发现眼周悄悄爬上了几条皱纹，她想道，或许自己真的是一只狐狸。一只化身成人但早已忘记自己身份的狐狸。想到这里，她不禁为自己幼稚的想法而笑出了声。她将这幼稚的想法抛在脑后，拿起纸巾细细擦拭起镜子。

　　等到葛叶的儿子上了大学，她开始独居以后，她的生活就更清闲了。于是，她参加了市民活动中心举办的短歌[1]课程。但她始终无法作出自己的短歌。她能理解短歌中传达的各种古已有之的人类情感，譬如爱情的苦乐，抑或是嫉恨。无论是积极的，还是消极的，这些都是人类无可替代的情感，对此她十分理解。然而，她却没有属于自己的情感想要表达。

　　“快逃吧。”

　　自从她开始参加短歌课程起，她偶尔能听到这个声音。

　　“快逃吧。”那个声音说完后就消失了。葛叶对此十分迷茫。为什么要逃跑呢？她明明过着十分幸福的生活。

1　短歌，日本和歌的一种，自古以来在日本流传甚广的主要诗歌形式之一。它是以五、七、五、七、七节奏为特征的短小抒情诗，用语十分自由。

　　五十岁以后，葛叶开始热衷于登山。一开始是受邻居的邀请，推托不过去，只好跟着一起去攀登了高尾山。自此之后，她很快就迷上了登山这项运动。这或许是她人生中首次发现自己的兴趣爱好。她大口地呼吸着清新的空气，用全身的器官感受着群山的脉搏。

　　有时候，葛叶甚至想大声叫喊，表达自己对山脉的热爱。想到自己要维持内敛端庄的日本女性形象，她将这份冲动压了下去。

　　与她一同登山的人无不对葛叶的体力赞不绝口。还有人开玩笑说："葛叶你可能就是为登山而生的吧。"葛叶甚至开始认真思考起这句玩笑话的真实性，她就是为登山而生的。她不禁有些懊悔：为什么我没有早点发现登山的乐趣呢？

　　一开始，她总会跟一群人一起去登山。渐渐地，她发现没有人能跟上自己的脚步。于是从某一天起，她开始了独自登山。包里装好饭团和鸡蛋烧，水瓶里灌满水，绑好登山鞋的鞋带，葛叶独自且坚定地踏上了登山的路途。

　　无论什么时候，大山都会接纳葛叶。登山后的疲惫令她感觉十分畅快。这是葛叶人生中第一次感受到所谓的疲怠。原来疲惫是一种这么令人畅快的感觉。葛叶觉得十分新鲜。她决定要牢牢记住这种体验。

每当葛叶爬山时，她脑中挥之不去的"捷径"会自动消失。她十分清楚登山的危险，也十分清楚不能偏离登山道。但随着登山次数的增加，她渐渐禁不住诱惑，开始一点点地偏离正常的登山道路。每次她都这么安慰自己：我就往外走一点点，随时可以回到原来的路上，我就往别的地方再走一点点。

有一天，正当葛叶在穿越某座山中的森林时，她一脚踏空，掉下了悬崖。她拼命抓住的树枝支撑不住她的体重，咔嚓一声折成了两半。她掉下了悬崖。

我要死了，葛叶想道，也算是过了不错的一生吧。

葛叶闭上了眼睛。

下一秒，葛叶的身体轻巧地在空中转了十五圈，接着便四脚着地，稳稳地站在了崖底。

哎呀，这可真是——

葛叶打量着自己布满白色毛发的纤长前腿，接着转过头去，看到了自己毛茸茸的身体和蓬松的尾巴。她做了个斗鸡眼，看向自己的鼻子。鼻尖湿湿的，还在一动一动的。

啊，原来我真的是只狐狸，葛叶为此舒了一口气，怪不得我这么擅长扮演人类女性，这么擅长扮演日本女性。

　　站在崖底，葛叶嚎叫了一声。之前在她眼里没有任何区别的树木突然变得生动起来，成为她身边不可或缺的一部分。她甚至能靠自己灵敏的嗅觉分辨出每一片叶子的特征。

　　葛叶成了一只美丽的白狐。仿佛体内有弹簧一般，她在一片绿色中跳跃着、奔驰着。被她的后足踢起的黄土在她身后四溅开来，为她奔跑的画面增添了别样的色彩。

　　这么说来，葛叶一边在无边的森林中奔跑着，一边想，人类的生活，实在是太……无趣了。每天都怀着顾虑而不敢拼尽全力，换言之，就是一直在背叛自己。每天都无法拼尽全力生活，实在是无聊透了。啊，我活得多像个傻瓜啊。

　　葛叶为自己之前的行为感到无比懊悔。她感觉自己有点饿了，就一口咬下缠绕着灌木生长的野葡萄，大口咀嚼起来。紫色的汁水从她红色的嘴里流下，她毫不在意。路边的野生小老鼠感受到她的目光，转头看向她。小老鼠在它生命终结之时，看到的最后景象是她红色的口腔黏膜。

　　葛叶再次跑上了刚刚自己掉落下来的悬崖。她轻巧地转了个圈，又变回了人类的模样。

　　这还真方便。

　　葛叶轻轻笑了起来。她重新系好了自己登山鞋的鞋带，以人类的模样踏上了回家的路。

　　"葛叶，你要是去做动物占卜，结果肯定是属狐狸
的！"葛叶身旁的年轻男子笑着说道。

　　"啊啊，嗯。等我有空做了动物占卜再说吧……"葛叶
敷衍地应道。

　　这位男子是公司今年招的新人。刚进公司的时候，他
十分内向，跟人说话时也一直低头看着自己的鞋带。不少
人在背后说起他时，都用"那个看起来很阴郁的人"来称
呼他。但是最近，他看起来似乎开朗了不少。尽管并不熟
练，但他已经开始笨拙地找各种话题与周围的人搭话了。
葛叶又想起当初自己遇上的那个骚扰她的领导。同样是刚
见面就说别人长得像狐狸，但他可比那个动不动就摸人大
腿的领导好上一百倍！想到那个视骚扰为理所当然的年代，
葛叶感觉自己太阳穴的神经开始突突地跳动起来。

　　据汀先生说，这位年轻男子已经熟悉了公司的业务，
因此从今天起，他将从生产流水线调到葛叶所在的部门。
怎么看他都不像是有特殊能力的样子，汀先生到底在打什
么算盘？葛叶苦恼地思索着。但她还是得遵循汀先生的指
示，向他介绍一遍自己部门的产品制作流程。

　　这是葛叶做的第一份可以发挥自己全部能力的工作，也是第一份能激发出她潜力的工作。"激发自己潜力的工作"，这句话听起来像天方夜谭，仿佛是求职广告中的宣传语。但这样的工作是真实存在的。对一直无法拼尽全力生活的葛叶来说，这个岗位是她大显身手的地方。

　　他真可怜。葛叶看着自己身边这个逐渐从阴郁中恢复过来的年轻男子想道，被扔到这样一个社会里，真可怜。

　　现在这个社会，已经不再是葛叶在公司当文员的那个时代的模样了。现在这个社会，连男性都很难成为正式员工。从这个角度来讲，的确做到了男女平等。女性的地位没有提高，但是男性的地位下降了。从前女人们遇到的、无论如何努力都无法突破的天花板，也牢牢地罩在这个年轻人头上。

　　你被吓到了吗？你是不是觉得这是不可能的事？可是啊，所有女人，从小就知道这重天花板的存在了。她们时刻都能看见这重天花板。大家都是看着这重天花板长大，最后顽强地挣扎上去的。

　　葛叶想这么劝告这位青年，但还是没说出口。就算我不说，过段时间他自己也会想通吧。更可怜的是，他不仅要直面这重天花板，还要面临来自上一辈男性的压力。那些大叔一直在他们周围监视着，时刻给他们一种无声的压力："你要像个男人！""你要维持男人的尊严！""你要跟我们一样，维持男人的尊严！"不过，要是他够聪明，就知道面对这种情况的最好办法，就是无视那些大叔。时代已经变了。旁观了整个时代变迁的葛叶，唯一能说的就是，上一辈的男人与垃圾无异。估计过不了多久，男性要面临的绝望与女性面临的绝望便差不了多少了吧。这么说来，整个社会的氛围说不定还会轻松一些，葛叶事不关己地想道。准确来说，人类社会的确也与葛叶无关。

葛叶部长站在门前，替年轻人打开了房门。

天神山 [1]

　　以下为本故事的落语版本的梗概。

　　有个怪人名叫源助。他带上便当和酒准备去赏花。路上，有人跟他打招呼"你去赏花啊"，他觉得自己的心思被人猜透很没意思，便转头前往一心寺赏墓去了。

　　在一块写有"小系"的墓碑前，他独自喝起了酒。正准备回家时，他发现土堆里露出一个骷髅头，想着能当个挂件或摆饰，便把它带了回去。当天晚上，一个漂亮的女人来到了源助家，自称是骷髅头的主人，名叫小系。为了感谢他白天的参拜和敬酒，她主动请求成为他的妻子。

　　源助的邻居安兵卫听说"幽灵妻子不要钱，赚大发了"之后，十分心动，便也去了一心寺。但年轻女性的骷髅头并

1　需要说明的是，天神山属于安倍山系，《葛叶的一生》中女主人公大夫名安倍。此外，下文出现的"安（yasu）兵卫（bee）"发音与"安（a）倍（be）"相近。

没有那么好找，他只能去附近的安居天神山碰碰运气。正当他开始祈祷，希望有人愿意当他妻子时，一个捕获了狐狸的男人出现了。他买下了男人的母狐，并将之放生，祈祷着有个好女人愿意跟自己结婚。

母狐化成年轻的女人追上安兵卫，也主动请求成为他的妻子。很快，她为安兵卫生下一个男孩。三年后的某一天，她被周围的人发现了真身，便不得不离开安兵卫家。

看着沉睡着的孩子，母狐在拉门上留下一首歌："要是想念母亲，就来看我吧，我在南边天神山的森林深处。"

她能做到的事

他们觉得她就是罪魁祸首。这一切都是她的错。

她离家出走了。她带着孩子离开了那个家，结束了短暂的婚姻。她的结婚对象实在算不上一个好丈夫，更不能算一个好父亲。他甚至连孩子的抚养费都负担不起。

在他们眼里，这一切都是她的错。她不该不顾孩子的未来，毅然离婚，选择成为一个单身妈妈。她不该将自己作为女人的感受放在第一位。

她十分无助，不知道今后该怎么走下去。她只知道自己必须出去赚钱，但又不得不照顾年幼的孩子。她身边没有可以够依靠的人，她只有自己一个人，只能靠自己完成这两件事。她每天都忙得焦头烂额，有时甚至会想，要是家里的猫能帮忙就好了。但就算家里的猫能帮她，也帮不上什么大忙。她本来能接受政府的救济金，但她身边没有任何人愿意告诉她这件事。

他们冷眼看着她。他们觉得这是她自作自受，是她自己选择离婚的报应。于是他们高高在上地观赏着她的苦苦挣扎，丝毫没有帮她一把的打算。他们等着看她失败，然后冷冷地送上一句："你看，我早说了她不行吧。"那时，他们心里就会涌起一种奇异的满足感。他们丝毫不受自己良心的谴责，因为他们觉得这一切都是她的错。

他们唯一担心的是她的孩子。他们皱着眉，提到她的孩子时便不约而同地流露出了沉重的神情，然后互相点了点头。他们十分心疼这个因为父母的任性而受伤的孩子。孩子是无辜的，却要与她一同承担她任性的后果，跟她一起倒霉。谈到这个自私的女人，他们纷纷摇起头来。

她开始工作了。为了孩子、为了能和孩子一起生存下去，她不仅白天要上班，晚上也必须出去工作。尽管她的身心已经疲惫到了极点，但她没有放弃。

他们十分震惊。他们想不通她为什么不愿意陪在孩子身边。在他们眼里，每天不在孩子的身边，只顾着工作的她，根本算不上一个合格的母亲。她不配当孩子的母亲。

他们又听说她晚上干的是"那种工作"。他们相互点点头，觉得这份工作很适合像她那样轻浮的女人。他们觉得自己简直就是预言家，加大了点头的幅度。这一切都跟他们猜想的一样。无论是她，还是她们，踏上的永远是同一条路，最后总是迎来同样的失败。他们从对她的惊讶中回过神来，反思起自己的生活。托她的福，他们再次发现自己的生活、自己的人生是多么正确。他们再次感觉到了心安。他们因为自己与她截然不同而感到心安。

他们并不知道她其实每晚把孩子一个人留在家里，提心吊胆地去做"那种工作"。（要是他们知道了这件事，估计会气到发狂。）她没有能托付孩子的亲朋好友，也无法负担每天雇保姆的费用。

她只能一次次地祈祷，希望孩子能乖乖地在家不出事。

她每天去工作时都这样在心底祈祷。仿佛是在买彩票一般，仿佛是在长条诗笺上写下自己的愿望并将之挂在七夕的竹子[1]上一般，她每天提心吊胆地去公司。她怀着沉重的不安，穿着华美的裙子，面对客人时吐诉着华丽的辞藻。她仿佛是一次次被迫玩俄罗斯转盘、走投无路的赌徒。哪怕今天无事发生，对于明天的担忧仍然会在心头挥之不去。她每天都生活在这种恐惧之中，无法跳脱这个循环。对此

1　日本七夕为阳历 7 月 7 日，人们会把自己的愿望写在长条的五色纸上，然后绑上丝线将它系在竹林或者放入江河中，以此祈愿自己愿望达成。这里指祈愿。

她无能为力。

于是那个她决定帮这个女人一把。

她安静地观察起女人的处境。这也是她工作的一部分。

在认真观察了女人的生活后，她将其现状详细地记录在报告中，再向上司汇报。戴着黑框眼镜的上司接到报告，扫了一眼后，立刻盖上了审核印章。她便正式被派遣到了女人身边。

刚开始的时候，女人还没有注意到她的存在。

女人出门以后，她就在房间里静静地替女人看着孩子。看着女人有些凌乱的房间，她开始思考自己是否有必要替她收拾一下。

她刚出现的时候，孩子就注意到了她的存在。他一开始装作什么都不知道，独自在另一个房间玩耍。渐渐地，他好像压抑不住自己的好奇心，在房间的角落小心翼翼地观察着端坐在房间里的她。他胆子越来越大，开始伸手触摸她的和服。或许是因为她的和服与他穿的衣服触感不同，他一脸惊奇地抓着她的和服不松手。她怀着亲切的心情看着这个孩子，从衣袖中掏出一颗硬糖，递给了他。他接过硬糖，开心地放在了自己嘴里。看着硬糖在孩子的左右脸颊里不停地滚动，她一脸满足地笑出了声。

　　硬糖是她的秘密武器。她和孩子的交流总是从递给他们一颗硬糖开始。以前她总得跑一趟糖果店，专门买点硬糖回来给孩子们。没过多久，她就觉得来回的路程很浪费时间，便开始带着硬糖出门。她又拿出一颗硬糖放在嘴里，跟孩子一起鼓起了脸颊。

　　她很快就和孩子打好了关系。毕竟她还有个外号叫"幽灵保姆"，很少会有孩子讨厌她。这个孩子也不例外，很快就"阿姨""阿姨"地叫着和她打成了一片。

　　她开始照顾孩子以后，才发现自己简直就是为保姆这个职业而生的。（不用怀疑，我们就是看中了她这种能力才将她挖过来的。）死后居然能遇上这么匹配自己能力的工作，她活着的时候怎么也想不到。事实上，她活着的时候没有参加过任何工作。她想，其实参加工作也不是一件那么令人讨厌的事。

　　等孩子玩累了睡着了，她才起身开始打扫屋子。她打量着这间她与孩子共同居住的狭窄屋子。纸收纳盒里塞满了孩子的玩具和画本，墙上贴着几张孩子的画，背光的阳台上晾着女人和孩子的衣服。

　　她想，真该让那些人来看看这间屋子。每当她去照顾这些单身妈妈的孩子时，她都想让那些背后说风凉话的人来参观一下这些房间。这些房间承载了这些母子的过去，也将承载他们的未来。那些人对她们的生活状况毫不知情，不具备与她们一般的行动力，却高高在上地对她们的生活指指点点。只要他们看过这些房间，那些风凉话就再也说不出口了吧。他们永远无法理解她们的选择。

做完家务后，她又恢复了端坐的姿态，守着孩子睡梦中的容颜，等着女人回来。时间到了，女人急急忙忙地在门口踢下鞋子，跑进孩子睡着的里间。

女人没有发现自己的存在。她也并不急于向女人展示自己的存在。慢慢来吧，她想。随着时间的流逝，女人渐渐会发现自己的存在的。从女人发现孩子能不哭不闹地待在家里开始，从女人发现家里变得整齐了开始，女人会渐渐发现自己的存在。在此之前的漫长时间里，女人可以慢慢地做好接受她的心理准备。等到她主动现身后，就会进入下一个阶段，她可以光明正大地帮助女人，将之从一次次被迫加入俄罗斯转盘的循环中拯救出来。之后她与女人之间就会产生亲密的友情。她一直都是这么过来的。

她能让这些单身妈妈与她们的孩子幸福。她为此而感到十分自豪。那些在背后指指点点的"他们"做不到的事、"他们"不愿做的事，她能做到。她能帮助这些单身妈妈，也愿意帮助这些单身妈妈。她与他们天差地别。她因为他们与单身妈妈的截然不同而感到安心。这位单身妈妈正握着自己孩子的手，发出了深深的叹息。她看着这位单身妈妈，轻轻点了点头。

女人轻轻地碰了碰孩子的脸，随即站了起来，开始悄无声息地更衣。光滑的裙子滑落到地板上，从远处看去，女人仿佛立在水中央。

她今天的工作结束了。

她从房间中消失了。女人安静地洗完澡，干干净净地躺在孩子身边，坠入了梦乡。

育儿幽灵

《育儿幽灵》，又被称为《买糖幽灵》，是日本的民间传说之一。

相传，某天晚上，一家糖果店店主听到敲窗声，此时店已关门，但他还是应声开了窗。只见外面正站着一个脸色苍白、头发蓬乱的年轻女人。她递出一文钱，说："请给我一颗糖吧。"店主虽觉得奇怪，但看到女人小声请求的悲哀模样，还是把糖果卖给了她。

第二天，女人又来买糖了。店主虽然再次将糖卖给了女人，但还是多嘴问了一句："你住在哪儿？"女人没有回答店主的问题便消失了。这之后的每天晚上，女人都会来买糖。到了第七天，女人递给店主一件女款羽织[1]，说道："我实在是没有钱了，可以用这个换糖吗？"店主十分可怜女人，便

1　羽织，一种长及臀部的和服外套。

收下了羽织，将糖给了她。

　　次日，店主将昨晚的羽织晾在店外。一个财主进店问道："这羽织是我前些日子去世的女儿的陪葬品，你是从哪儿买来的？"店主便将事情的来龙去脉一五一十地告知了他。财主十分惊讶，立刻去了安葬女儿的墓地，没想到女儿坟墓的土堆里居然传来了婴儿的哭声。他挖开泥土，发现女儿正抱着一个刚出生的婴儿，下葬时放在她手里的六文钱也不见了。婴儿正吃着从糖果店买来的糖。

　　财主说："我女儿一定是为了照顾这个刚生下来的婴儿，才成了幽灵的吧，我一定会尽责把这个孩子抚养大。"此时，像是表示赞同似的，女儿的头与身体分开了。之后，那个婴儿被菩提寺收养，成为高德名僧。

心在燃烧

要是有人盯着我写字，我就会紧张。

我尽力控制住自己的笔尖不颤抖，在对方递来的御朱印账[1]上写下文字[2]。我绝对不能搞砸。

对方站在这个小小的寺务处[3]，审视着我写的每一个字。不，或许她看的是别处，但我总觉得她是在盯着我写的字。

她看起来五十多岁，头上戴着米色针织帽。或许是在担心我这个年轻人签的字不好看？的确，我素面朝天，黑色的长发也只是简单地束在肩上。这个发型让我显得比实际年龄要小一点。也可能是因为我留了刘海，看起来很幼

1　御朱印账，又名"集印账""御宝印账"，是收集御朱印的专用本子。内页一般呈蛇腹式折叠状。御朱印是指授予寺院参拜者的凭证，除印之外也会有墨笔书写的寺院的名字。

2　有的御朱印上只有一个印章，有的则还会用毛笔签上日期、寺庙名等信息。

3　寺务处，处理寺内一般业务的场所。

稚。来这里参拜的客人中，不乏态度犹疑地将御朱印账递给我的人。还有些客人以怀疑的眼神打量着我，仿佛在说"住持在吗？你让住持来签吧"。

虽然有些难过，但我非常理解那些参拜者的心情。而且不得不承认的是，签字的人越年轻，就越容易出错。御朱印账对客人来说十分重要，能在上面签名也是难得的机会，我尽可能地在上面签一个漂亮的名字，不，签一个干净的名字。我没有御朱印账，但我想如果我有，估计也希望对方可以给我签一个干净的名字。不过，哪怕签砸了，大家也都会表示理解，安慰我说，"御朱印是一期一会""失败的签名也别有一番风趣"。

签完之后，我将裁成两半的和纸盖在签好名字的地方，以免没干透的墨汁渗到另一页上。透过薄薄的纸张，我的字仿佛突然变得遥远起来。真是一种奇怪的体验，我心想。我手头没什么事的时候，总会裁些和纸备用。再怎么说，总会有一定数量的客人拿着御朱印账进来，要是不提前准备些裁好的和纸，手头这些很快就会见底。

"您好，三百日元。"

我将贴着带漂亮花纹的和纸的御朱印账合上，递还给了她。她似乎是提前准备好了，变魔法似的瞬间变出了三百日元，放在我的手心。天空中飘着薄薄的雨丝，阴沉沉的，但这三枚百元硬币却在我手心反射着银色的光芒。

当我正将硬币放进收银柜时，她突然出了声。

"字，挺好看的。"她仿佛刚刚看到我的字迹，不小心将内心的赞叹说了出来一般，低声地呢喃道。

"谢谢您的夸奖。"我扬起脸，向她点了点头表示感谢。我其实并不擅长看着别人的眼睛说话。

大部分人看到我的字后，都会露出惊叹的神情，仿佛将"还好将御朱印账交给你来签了"的感慨写在了脸上。正是因为他们对年轻女性的能力抱有怀疑，所以看到漂亮的结果时，便会愈发惊喜。虽然客人质疑我的能力这件事让我十分不满，但当我看到客人的笑脸时，心里也松了一口气。

我从很小的时候就开始学习书法了。虽然周围的孩子对此感到不解，认为书法是个很无趣的爱好，但我仍然坚持走自己的书法之路。我非常享受练字时的平静心情。只有在练字时，我才能短暂地逃离这个喧嚣的世界，与墨水一起在白色的纸张上徜徉。

升入大学后，我第一次接到了签御朱印的兼职。当时附近寺院的住持腰腿不便，身边的人便介绍我去帮忙。从严格意义上来说，我的工作内容不只是签御朱印，还包括做寺内的其他杂活。我并不讨厌寺内的杂活。寺内的工作内容是固定的，几乎没有变化，也没有人对我的工作指手画脚。

大学毕业后，我仍然会定期去上书法课。因此，经常会有人介绍我去做类似的工作。有段时间，我甚至同时在两家寺院兼职。尽管寺院不同，但工作内容十分相似，因此我每天都能抽出时间练字。

我十分享受坐在寺务处卖御守[1]和绘马[2]的时光。形形色色的人涌入寺内，达成自己的需求后又纷纷离开。这些人中，有每天都来拜访的熟悉面孔，也有陌生的面孔。有时还会有人递给我一些小糖果或小糕点。或许是因为他们在寺务处看到一位身穿工作服、面无表情地坐着的年轻女孩，觉得十分奇怪吧。我已经习惯了身边的人对我"神情冷淡"的评价。

家宅安宁。

学有所成。

1　御守，指护身符、平安符。
2　绘马，日本人向神明许愿、祈祷的一种方式。他们会在一个长约15厘米、高约10厘米的木牌上写上自己的愿望，供在神前，祈求得到神的庇护。

　　出入平安。

　　除魔辟邪。

　　喜结良缘。

　　每个前来参拜的人都有不同的目的。我坐在寺务处，看着寺内人来人往。我几乎每天都要去寺里，却从未向神明祈求过。或许不只是神情冷淡，我从骨子里就是个冷漠的人吧。我不知道该向神明祈求什么。我没有任何愿望。小时候，七夕这些可以向神明祈愿的节日是最让我烦恼的。我没有任何愿望，但又十分喜欢在纸张上写字。最后，我总会编出一些愿望，一连写好几张，甚至连朋友的愿望也一并写下来。我对恋爱也没有太大的兴趣，总是莫名地被别人喜欢上，然后这段感情又在不知不觉中被对方结束。

　　在寺院辗转的过程中，我渐渐成了寺里公认的专门签御朱印的存在。寺里的住持和住持夫人看到我的字后都会喜笑颜开："交给你，我们就放心啦。"无论是天晴，还是下雨，哪怕是风雪交加的天气，只要坐在寺务处，我就十分安心，仿佛自己已经脱离了这个世界一般。

　　"请问这挂绳挂的是什么？"她将御朱印账收入乐播

诗[1]单肩包里，向我询问道。

　　我想着总算签完了，以为没有什么事了，便放松了警惕。听到她的问题时，我有些惊慌。我平时很少会遇到向我提问的客人，一时间脑子还没有开始运转。

　　她的视线看向摆放在伏火御守旁的金属挂绳。挂绳上不仅有铃铛，还有一个长方形的金属物体，像是模型屋里的木质栅栏，上面被规整地挖出了一个个方形孔洞。的确很难让人立刻联想到它是什么。

　　"啊，这个是梯子。"

　　女人听了我的话，马上露出了会意的神情。"原来如此。也是，这里就是保佑这个的。"

　　"是的。"

　　女人点了点头，步伐轻快地离开了寺院。

　　来参拜这个寺院的人，大致可分为三类：

　　第一类，路过时漫无目的地进来参拜的人。

　　第二类，抱着明确目的而来的人。他们或是为了收集御朱印，或是为了参拜而来，但他们对于寺院本身并没有

1　乐播诗（LeSportsac），1974年创立于美国纽约的折叠包品牌，特点是用降落伞布料做产品，属于经典美式休闲运动风格。

太大的兴趣。

第三类，为了参拜八百屋于七[1]而来的人。（这类人又可以细分成两类：一类是心无所属，向八百屋于七祈求良缘的人；另一类是心有所属，向八百屋于七祈求结缘的人。）

在这个寺里工作了几年后，我渐渐发现了这里与别的寺院的不同之处。一般寺院的参拜者都是由第一类和第二类人构成，但这个寺里立有八百屋于七的坟墓，因此参拜者中出现了上述的第三类人。

刚开始到这个寺院工作时，我对八百屋于七并不是特别了解，只知道她是江户时代的人，因为犯下纵火罪而遭受火刑。于七应该是历史上真实存在的人物。在江户时代，被处以火刑的女人十分稀少。在这些十分稀少的女人中，因为恋爱而纵火的于七就显得更特别了。但关于为见爱人一面而犯下纵火罪的于七为何会拥有如此多的现代参拜者，却是众说纷纭，有不少故事流传于民间。甚至还有人说，当时于七并没有纵火，而是架着梯子爬上了钟塔去敲钟鸣鼓，提醒爱人尽快避难。与其说于七是个思想单纯的少女，

---

1 参见本篇后的原型故事。

不如说她其实更像是个爱钻牛角尖的人。

因此，专程为了参拜于七而来这个寺院的第三类人，在我看来，或多或少都具备于七那一类人的特点。

要是参拜者中出现了第三类人，我一眼就能分辨出来，因为他们的行动轨迹十分相似。（第三类人几乎都是女性。）

她们步伐坚定、目标明确地出现在寺内后，就径直前往于七的坟前参拜了。她们不会四下打量，视线永远瞄准于七。

此外，她们祈祷的时间很长，扔进赛钱箱[1]的钱币也比其他参拜者多。其中也不乏带着花束等物品前来，并将其供奉在墓碑前的人。将供品摆好之后，她们总会在于七的墓碑前伫立一会儿。或许是在心中向于七诉说着什么吧。我曾见到过不少在墓碑前伫立良久的人。

等她们终于离开于七的坟前，来到供奉着于七本尊的寺院时，祈祷的时间则会变得更长。在供奉着于七本尊的寺院内，她们香火钱也扔得十分大方。

接着，她们来到了我所在的寺务处。仿佛已提前浏览过

1　赛钱箱，日本寺院、神社放置在铃绪（摇铃用的绳子）下的木箱。参拜者祈祷完后根据个人选择往里面投入一定额度的钱，讨个吉利。

相关信息，她们一言不发地拿起御守或这个梯子挂绳来结账。和狂热的粉丝一样，她们正在购买偶像的周边产品。

最后，她们又回到于七的坟前，再次进行漫长的祈祷。祈祷完后，她们恢复了坚定的步伐，离开了寺院。

我坐在寺务处，观看完她们整个的参拜流程后，会由衷地感到敬佩。我本人对事物没有太深的执念，但在我的朋友中，有不少人对明星或花样滑冰选手有着极大的热忱。属于第三类参拜者的她们，给我的感觉与我那些朋友十分相似，都仿佛在静静地燃烧着。

或许所有日本女人都是这样，她们都有着强大的执着的力量。对于自己执着的东西，她们十分专注，愿意为之承受一切代价。因此，她们会不惜花费大量的金钱，也不惜花费大量的时间，去详细调查所有相关的信息。她们拥有很强的行动力，拥有真正的热忱。

但要是在工作场合之类的地方邂逅了心仪的人，她们便做不到将这份热忱倾注在那个人身上了。她们不能任由自己心中的爱恋之火熊熊燃烧，只能将之倾注在其他地方，参拜于七就是一个很好的选择。要是任由爱恋之火熊熊燃烧，最后她们都将被火焰吞噬。或许只有于七能够理解她们心中的爱恋之火。难得有了一个心仪的人，却不能在他身上倾注自己的热忱，对社会中的人来说，这是一个多么不自由的世界啊。

刚来这个寺院工作时，每每想到于七被处以火刑，就会觉得她与喜结良缘这个庇佑之间的关联简直是个充满恶意的玩笑。但是看着这第三类女人，我渐渐有所领悟。只有在这里，她们才能跨越时空与于七产生联结。我开始觉得，在这个会聚了与于七相似的参拜客的寺院中工作，也不是一件坏事。

参拜者都走了以后，我在寺院周围散了会儿步。我拿下于七墓碑上沾着的落叶。不知从何时起，天空阴沉下来，飘起了细雨。

一位年长的男子正沿着蜿蜒细长的参拜道[1]往寺院走去。我尽可能地在不引起他注意的情况下回到了寺务处。

我坐回坐垫上，身旁的收音机里传来了细碎的人声。我这才想起自己刚刚没有关掉收音机。这是住持给我用来打发时间的，他说这份工作可能有些无聊，周围没人的时候可以听听。这是台红色的收音机，款式十分古旧。此时正好在播放一条关于某研究所储藏的尸骨遭窃的新闻，警

1　日本的一些神社、寺院建在山上，去这些地方参拜时需要登山。这些登山的道路就被称为参拜道。

察正在调查监控录像中出现的身份不明的女子。不知为何，我一直到听完新闻，才关掉了收音机的电源。

尸骨？我一边思考着，一边轻轻地擦拭着收音机的外壳。说到身份不明的女子，我脑海中首先会浮现出一个穿着长风衣、戴着墨镜的长发女性形象。这个身份不明的女子究竟是怎样的一个人呢？为什么要如此费尽周折去偷盗尸骨呢？真是个奇怪的新闻。不过，世上有时也会发生一些奇怪之事。

这时，刚才看到的那位年长男子出现在寺务处。我拉开玻璃推窗。

男子将他的御朱印账递给我，脸上带着一丝不安，仿佛在抱怨：怎么是这种年轻人来签御朱印啊？

"麻烦您稍等。"我轻声说道，接着在三个地方分别印下了御朱印，然后拿起笔。男子往后退了两三步，一脸意兴阑珊的模样。

我先是在书页边缘写下今天的日期，接着照常签下寺院名等内容，并在上面覆上一张半纸[1]。

"您好，可以了。"我轻声道，呼唤几步开外的男子，将御朱印账递给了他。他接过后给了我三百日元，朝我点

1　半纸，大小为长33厘米、宽24厘米的和纸，现代一般用于书道。

了点头，便转身离开了。或许他一边走时翻开纸检查了我的字，中途他突然转过头来，惊讶地望了我一眼。

暂时没什么可做的事了，我便开始检查备用的御朱印纸。偶尔碰上忘记带上御朱印账的参拜者，我会给他们递上备用的御朱印纸。[1]只剩下一张备用的了，我便着手写起新的来。

备用纸的大小与御朱印账内页的大小相同，也是由半纸制成。我还没写几张，住持夫人便端着托盘过来看我了。托盘上是一杯茶和一个包好的和果子。

"这是给你的。"她将茶与和果子放在我桌子的一侧，然后在我身后端详起我的字来，声音里透着赞叹。

"七绪的字真是百看不厌。不只是漂亮，字里还透着某种狂野，不对，某种热忱，也不对。怎么形容这种感觉呢？或许形容为炽热的字会更贴切吧。真是人不可貌相呀。"

对于住持夫人的这番夸奖，我并不陌生。尽管我不知道为何，但无论是住持，还是住持夫人，都曾多次夸奖我的字，说它们十分适合这个供奉着于七的寺院。

住持夫人走后，我继续写着备用的御朱印纸。除我以

1　如果参拜者没带上御朱印账，又不想购买新的，寺庙会提供提前写好的御朱印纸，方便参拜者贴到自己的御朱印账上。

外，还有两个人也在这里兼职。但她们都不会书法，因此我空闲时总会多写点备用。

　　等我回过神来，已是夕阳西下的时候了，落日染红了一大片云彩。我在推窗内，静静地写着字。

八百屋于七 [1]

　　天和二年（1682 年）12 月 28 日，江户发生了大火。火灾殃及八百屋八兵卫一家，他们便前往驹込吉祥寺避难。在吉祥寺，杂役小野川吉三郎帮于七拔掉了手指上的木刺。以此为契机，两人逐渐互生好感，但一直未找到时间表明心意。

　　次年 1 月 15 日，僧人们都去参加葬礼，寺内的人也少了。正巧当天打雷，于七便悄悄去了吉三郎房中。她将小和尚支开，这才有了与吉三郎共处一室的机会。然而，次日此事就被她母亲发现，两人便再也没有单独见面的机会了。

　　八百屋的新宅落成后，于七一家便回到了本乡。一个下雪天，吉三郎扮作卖菜的人造访八百屋，却因为大雪而无法

<hr>

1 《八百屋于七》有多个版本，本文为井原西鹤《好色五人女》卷四之概要。《好色五人女》出版于于七事件发生后的第三年，具有较高的史学价值。

回寺。正巧于七的双亲离家去参加亲戚孩子的生日宴了。于七便把吉三郎藏在自己房中，当晚两人互诉了爱意。吉三郎走后不久，于七便陷入相思之苦。她想，只要家里着火了，她便能再次前往吉三郎所在的寺庙，于是放了一把火将家里烧了。

这场大火很快就被发现并扑灭，于七也被当场审讯。她坦白自己的动机后，被处以火刑。吉三郎当时卧病在床并不知情。于七死后百日，他终于可以下床走动了。他看到于七的墓碑时，悲痛欲绝，试图自戕。在众人和于七父母的劝阻下，吉三郎选择了出家，并供养了于七的灵位。

我的超能力

渡边久美子随笔连载第九回
你的超能力是什么？

阿岩与阿绀最大的共同点，就是两人的脸都高高肿起。

众所周知，两人或是因为患病，或是因为中毒，容貌都变得奇丑无比。而且两人死后化为幽灵，都没有放过自己的仇人。

从我记事起，无论是哪部电影或电视剧，只要提到这两个人，都会将其描绘成可怕的怪物。她们的这副姿态也是观众们期待的样子。无论在哪个国家，恐怖片都是如此。要是僵尸没有从墓地里复活，电影便寡然无味。魔女嘉莉[1]也不得不被人泼上满满一桶猪血。墙壁上必须长出霉斑，盘子必

1　魔女嘉莉，斯蒂芬·金所著同名恐怖小说的女主人公。

须被摔碎在地。我们观众便会因此而感到兴奋。

　　但我一直无法将两人视作可怕的怪物。我有一种直觉，要是我觉得两人可怕，那就等于承认我自己也是个可怕的存在；要是我觉得两人是怪物，那就相当于承认我自己也是个怪物。尽管那时，我还说不清这一直觉产生的原因。

　　我是过敏性体质，皮肤十分敏感。虽然现在已经很少复发了，但其实我小时候一直为过敏性湿疹所苦，特别是十多岁的时候，病情十分严重。

　　母亲非常担心，带着我跑了各个医院的皮肤科。我还做了血液检查，报告显示我对大米、小麦、鸡蛋、牛奶、肉、砂糖等过敏。几乎所有食物都是我的过敏原，因此也无法通过控制饮食来改善病情。最后，我只能将粟米和稗草当作主食。母亲还曾取笑我说："你好像在吃鸟食。"如今当我偶尔在餐厅小口小口地吃饭时，就会想起曾经靠粟米和稗草过活的日子，心中还有些怀念。对那时的我来说，店里出售的零食是最大的折磨。十几岁的孩子正是长身体的时候，每天都想着吃，但是由于严重的过敏性湿疹，我只能压抑自己的食欲。当周围的孩子们大口咀嚼着买来的零食时，我只能眼睁睁地看着。

　　在我上高中的时候，母亲听说高知县有家医院的皮肤科的医生十分优秀，就带我去了那里。我在那里大概住了两周的院。接受完医生的治疗后，我全身都得缠着厚厚的绷带，如同木乃伊一般。尽管现在我能语气轻松地讲述当时的经历，但说实话，当时的治疗真是让我痛不欲生。

说到这个，我想起两三年前遇到的一位编辑。那时候我将这段经历写成文字，寄给了某杂志的编辑。她十几岁的时候也患了与我一样的病，巧的是我们还在同一家医院住院治疗过。谈到当时的经历，我们都赞叹起命运的巧合，笑着感慨我们同样当过木乃伊。但她也提到，那段时间的确很痛苦。

或许此时有人会想，过敏性湿疹并不会危及生命，因此没什么可抱怨的。但我必须解释一下，患过敏性湿疹的日子真的很难受。你必须时刻在意自己皮肤的异样感受。你的贴身衣物不能有任何化纤面料。而恰好当时我学校的制服和体操服[1]都是化纤面料。母亲为此还与校方交涉，最后学校允许单独将我的衬衫和体操服换成棉质布料。尽管有些跑题，但在这里我必须点名批评日本的教育机构，他们居然让一个正处于发育期的女生穿着紧身体操三角内裤[2]。那是我人生

---

1 体操服，日本学生在上体育课时会更换的一种更方便行动的衣服。

2 紧身体操三角内裤，一种经过大幅改良的贴身裤，20世纪后半叶日本女学生上体育课会穿，现已被废除。

中最屈辱的记忆。关于这一点，我下次会另找机会与大家分享。

作为女性，我还必须小心化妆品中的过敏成分。如今市面上增加了不少可供选择的有机化妆品和敏感肌化妆品，简直是我们过敏性体质的福音。还有不少品牌推出了有机棉或有机亚麻面料剪裁的服装。在这股有机潮流兴起之初，我便开始关注它的发展，并对它有一定的研究。这也是我成为生活随笔作家的一个契机。

过敏性体质的人总是逃不过湿疹和痤疮的折磨。当它们发作时，你必须时刻在意别人的眼光，这是最让我痛苦的事情。人类总是会本能地对他人的异样产生排斥。当我的过敏性湿疹十分严重时，周围的同学看我的眼神也与平常不同，似乎在说我就是个怪物。

因此，当我看到阿岩与阿绀肿胀的脸庞时，不禁悲从中来。我为她们的遭遇而感到不公，也为她们被描绘成怪物、被避如蛇蝎而感到不平。看着她们，我仿佛看到了自己，因此我十分同情她们。

过敏性湿疹的症状并不是一直都十分严重。有时病情很稳定，有时又发作得厉害，如同波浪一般上下起伏，反反复复。我初高中时期就处于这个波浪的顶峰，那时我观察到了一件十分有趣的事。当我湿疹发作得十分厉害时，恋爱便与我完全绝缘。但随着我病情逐渐稳定下来，渐渐便也有一些男生向我告白。在那段时间，我还是我，我的内在没有丝毫改变，只是湿疹症状变得严重了，男人的波涛便纷纷退走；湿疹症状缓和下来了，男人的波涛便纷纷涌来。与我搭话的女同学的数量也是如此。目睹了这一切的我觉得这十分可笑。

过敏性湿疹赋予了我一双善于观察的眼睛。通过这双眼睛，我可以看透他们的本质，看出他们究竟是怎样的人。当他们将我视作怪物，对我避如蛇蝎时，便注意不到我在观察他们。一旦人类给对方打上"他不如自己"的标签，就会忽视对方对自己的审视。而这双善于观察的眼睛便是我现在的工作中不可或缺的东西，是我的超能力。

看到这里，或许读者们心中会产生疑问。为何突然提到超能力？超能力究竟是什么？这就不得不提到我前段时间看的《复仇者联盟》了。虽然我一直是法国电影的超级粉丝（毕竟我的偶像一直是简·柏金和凯瑟琳·德纳芙），但是架不住十四岁的儿子嚷嚷着要看这部，相信各位读者也对漫改电影《复仇者联盟》有所耳闻。看着儿子抱着焦糖爆米花安静地在影院看着电影，我不禁有种"吾家有儿初长成"的感慨。尽管电影结束后，儿子立刻恢复了不讲理的小孩子模样，吵着闹着要我给他买写字垫板之类的角色周边。

这部电影中的主角都有着不同的超能力。斯嘉丽·约翰逊也出演了这部电影，看着他们扮演的角色在电影中大显身手，我也思考起自己的超能力是什么了。虽然年纪已经不小了，谈论超能力实在有些幼稚，但是我对自己的超能力十分满意。今天向大家展示了我的另一面，大家觉得怎么样呢？大家的超能力是什么呢？哈哈，用"超能力"这个词可能略有些夸张。

期待大家的来信。也请大家记得订阅下个月的随笔哦。

四谷怪谈

　　《四谷怪谈》以四世鹤屋南北的歌舞伎脚本《东海道四谷怪谈》（1825年首次公演）闻名，是以四谷左门町的田宫又左卫门之女阿岩的故事为素材进行的再创作。剧本原型为1727年出版的《四谷杂谈集》。以下为本故事的落语版本的梗概。

　　据传，田宫又左卫门有个独生女名叫阿岩。她性格恶劣，容貌丑陋，因此田宫一直找不到女婿。恰巧一个叫伊右卫门的浪人上门，以成为田宫家的养子为条件娶了阿岩。伊右卫门进入田宫家后，很快就看上了上司伊东喜兵卫的小妾。而正好喜兵卫想处理掉怀孕的小妾。目的一致的两人便合谋骗了阿岩，将她赶出了田宫家。得知自己被骗后，阿岩精神崩溃，没过多久便失踪了。自阿岩失踪后，田宫家便接连发生怪事。家人接二连三地病逝，不久就断了后。田宫家所在的土地上依旧怪事不断，后人便在此建立了"于岩稻荷神社"。

怪谈市川堤

《怪谈市川堤》为桂米朝所作落语，讲述了京都丝绸批发店店主的长子治吉郎的故事。

治吉郎十多岁时就学会了吃喝嫖赌。与祇园的小染结婚后，依旧对金钱毫不在意，两人到处游玩、赌博，保持着赌三次赢一次的频率。久而久之，两人自然就陷入困顿。为了谋财，他与赌友熊五郎一同杀害了萨摩的门堂平左卫门，之后又将熊五郎杀害。小染即将临盆，提出想回老家生孩子，但治吉郎以为小染发现了他干的勾当，因此又将小染杀害。

某天避雨时，他认识了前艺伎阿绸，两人有了亲密的关系。但次郎吉依然故我，输光钱了就去借。阿绸的右眼上渐渐长出一个肿块，到后来都占据了她的半张脸。次郎吉为了阿绸的药费，到处低头向人借钱。好不容易凑够了钱，回家时却发现阿绸不见了。

于是次郎吉回到了小染娘家，骗他们说小染得病死了。

很快，他又成了寡妇小夜的上门女婿。刚开始时，次郎吉卖力工作，与小夜生了个男孩。不久后，他便赌瘾发作，重回故我。绝望的小夜上吊自杀了。看着幼小的儿子抱着母亲尸体哭泣的样子，次郎吉终于醒悟了。自此他发奋工作，成了个大店主，还会救济穷人。

年末的某一天，他被大雪困住，路遇一个秃头肿脸的女乞丐。他给完钱才发现这个女乞丐居然是阿绀。他骗阿绀说会给她好生活，却从背后将她推下了河，还用刀斩断了她的头。阿绀被推下去的地方即市川堤。

这之后他回到自己的旅馆，在房间里遇到了阿绀的幽灵。他挥刀砍向幽灵，刀撞到柱子后反弹，砍到了他自己身上。

最后的迎接

他走进酒店的大门。映入眼帘的是布局简约的大厅，里面摆着一张沙发，旁边的行李寄存处空无一人。左侧是通往楼上的楼梯，右侧是长长的走廊。他顺着走廊往前走去。走廊上垫着绣有花鸟图案的绒毯，因为疏于打理而稍稍有些褪色，但能看出刚铺上的时候一定十分精美。

屏风的色调偏暗，后面传来细碎的声音，仿佛是有人在搬动重物。工作人员从宴会厅里出来，又消失在门后。整栋大楼都笼罩在暗淡的气氛之中。

正当他因为这个地方与想象中有所偏差而略感讶异时，视线中出现了一条两侧店铺林立的走廊。放眼望过去，都是一些以贵妇为目标人群的店铺，如德托斯[1]精品店，挂着"SHOE SHING"（擦鞋）招牌的擦鞋店，知名的

1　德托斯（DEITOS），日本商业大楼JR博多城（JR博多シティ）中运营的精品店品牌。

吸油纸¹店。走廊的尽头是户外泳池的前台。

　　他站在窗边，望向户外泳池。他所处的位置与户外泳池之间只隔着一扇玻璃窗，上面贴着一些富有夏日风情的彩色贴纸。窗外，一个穿着比基尼泳衣的年轻女人正在与前台的工作人员交流着什么。前台的另一个工作人员正百无聊赖地望着远处发呆。户外泳池的前台附近站着一个中年男子，他穿着看起来十分清凉的短袖和短裤，正注视着这个年轻女人与工作人员的互动。看年纪，这位男子应该是女人的父亲。

　　或许是感受到了他的目光，年轻女人转过头看向他。她似乎有些害羞，下意识地用力绷紧了脚趾。西装笔挺的他和穿着比基尼的她之间只隔着一块薄薄的玻璃，同处在这个空间中。他觉得这个场景有些意思，但立刻将目光转向了别处。他觉得自己已经不是那个能在海边或泳池里尽情玩耍的年纪了。

　　走廊的尽头是一扇前往酒店别馆的门，但酒店别馆正在改造装修。于是他转身折返。

　　他绕回到刚刚经过的走廊上，打量着两侧的店铺，陷入思考中。这些店铺之后会怎么样呢？他又回到了酒店大厅。

1　吸油纸，一种特殊材质的纸张，轻轻擦拭可吸附皮肤表面分泌出来的多余油脂。

　　他有些摸不着头脑。据他得到的信息，许多人为这家酒店要被改造装修感到十分惋惜。但根据他刚刚粗略的观察，这家酒店的本馆只能称得上平平无奇，没有任何出彩之处。因此，他十分理解这家酒店管理层做出的改造装修的决定。更何况，他也没有看到他们所说的那个地方。

　　他眉头紧锁，打量起四周来。酒店行李寄存处的柜台上摆着一些宣传册，其中一本的封面上就是那个地方。这时正好有个男工作人员从宴会厅出来。他拿着那本宣传册，指着封面向工作人员询问道："您好，请问本馆的这个地方该怎么走？"

　　这位男工作人员朝他点了点头，回答道："您手中的宣传册上是新馆的照片。两个地方的照明的确挺像的。您说的地方应该是本馆的大堂，本馆的酒店大堂在五楼。"

　　"在五楼？"他的声音中透着惊讶。工作人员看出了他的惊讶，便将他引到电梯前，朝他鞠了一躬以后才离开。电梯前站着的另一个工作人员也是一位男性，看起来上了些年纪。这位上了年纪的工作人员仿佛接过了上一位工作人员传来的接力棒，露出一个微笑，替他打开了电梯门。

　　他的目光被电梯间绒毯上的巨大花朵图案吸引。电梯间有些局促，绒毯覆盖了整个电梯间的地板。尽管他不知道这是什么花，但看着自己的脚踩在花朵上，他总有些不安。于是他抬起了头。他觉得自己仿佛成了大拇指汤姆[1]。不，更像是一寸法师[2]，他想。

很快就到了五楼。他走出电梯间。右侧就是网络和杂志上多次报道过的酒店大堂。

原来是这样。

他立刻了然。若是这里要被改建，确实令人扼腕。

他顺着虎之门医院[3]前的道路一直往上走，看到的第一个酒店入口，也就是他进来的这个入口，只通往酒店宴会厅。要通往酒店的正门还要顺着坡道再往上走一段路。

酒店的前台与正门相隔不远，前台旁是摆放整齐的报刊架。大厅正中央摆着一块大型岩石，旁边装饰着精美的插花，尽头还能看到一间间宽敞的会客室。宾客休息区铺着淡茶色和米色的格子绒毯，上面匀称地摆放着一张张矮圆桌。每张矮圆桌旁都朝外摆放着四五张极具设计感的沙发，方便宾客休息，看起来仿佛一朵朵盛开的花朵。天花板上挂着一串串发着光的灯泡，墙纸也十分精美。

1　大拇指汤姆，出自《格林童话》。

2　一寸法师，日本传统童话故事，讲的是一对老夫妇生下了一个拇指大的婴儿，取名为一寸法师，后来他变成一位英俊的青年娶了公主。

3　虎之门医院，日本的一所综合医院，也是日本国家公务员的专门医院。日本的政治家、知名人士经常前往这家医院做体检。

他欣赏着酒店大堂的布置，踏入了宾客休息区的花园。角落里的圆桌旁坐着两个人（仿佛凋落的两片花瓣），其中一个人放下手中的书，抬起了头。她有着一头柔软的短发，身材十分娇小。

他朝她微微点了点头，算是向她打了招呼。当他走到她身旁时，她脸上绽开了笑容，涂着珊瑚色口红的嘴唇翕动着说道："您就是汀先生吗？"

"是的。不好意思，让您久等了。"

她向他伸出了白皙的手臂，手心朝上示意他坐下。汀先生坐在她对面，向她递上了自己的名片。

"选了个这么吵闹的日子，实在不好意思。"

"这算吵闹的日子吗？"

"嗯，很多人都过来见这家酒店最后一面。"

他环视四周。这才发现，酒店大堂里有不少人正举着手机或数码相机拍照。还有一个穿着裙子的女人，手持着一台看起来十分昂贵的专业相机，笔直地穿过了宾客休息区。酒店的餐厅只在午餐和下午茶时间段营业。现在还没到营业时间，但是已经有几位年长的客人排起了队。周围的人都仿佛精心打扮了一番，就连声音都十分精致。

"挺可惜的吧。这才过了半个世纪。"她观察着他的表情，声音却有些轻快。

"但是我也挺期待改建后的样子的。听说会改建成高楼大厦。很难想象吧？会改建成怎样的高楼呢？"她摆出一副仿佛她真的无法想象的神情，抬起头望着天花板。

"这个酒店刚建成的时候，我和丈夫还来过这里。当时我是第一次见到这种昭和现代风格，都看呆了。在那之后，每次纪念日我都会拉着他来这里吃大餐。现在想起那时候还是很美好的。"

她一边小声地笑着，一边诉说着。汀先生点着头表示赞同。虽然他与她们已经不是同一个时代的人了，但他十分理解她们的心情，有时还会有些羡慕。在纪念日或是重要的日子里精心打扮一番，去酒店享用精美的料理，对她们来说，这就是最奢侈的享受：在飘浮着条幅气球的百货商店里购物，在嘈杂的饭店里享用蛋包饭，最后坐上屋顶的摩天轮的她们。但现在屋顶有游乐园的百货商店已经越来越少了。

"所以我将见面地点定在了这里。反正以后我也是进养老院的命，房子改建好以后就是孩子们的了。我没有怪他们。只是我对这家酒店的记忆都挺美好的。而且看着他们人来人往的，也挺有意思的。"

"是的。我十分理解您的心情。"汀先生看着眼前的女人。她穿着橄榄绿的套裙，戴着一条珍珠项链，裙子下是泛着珍珠般柔和光泽的丝袜，双膝并拢坐在沙发上。她之前与丈夫来这家酒店时，穿的就是这一身吧，汀先生猜想道。他切入了正题。

"在本馆改造装修期间，您愿意来我们公司吗？我之前也跟您介绍过。当然，您如果选择在别馆度过这段时间，我们也十分理解。但我想，在一个全新的地方度过这段时间也是个不错的选择。就当放松一下心情，等本馆装修完毕后，您可以随时回来。如果您之后愿意继续留在我们公司，那就更好了。我们公司十分重视拥有特殊能力的女性，因此非常欢迎您这样的女性加入。您可以先参观参观我们公司再做决定，我们绝不干涉您的选择。"汀先生看着对方的眼睛，认真地说道。不知为何，他从小就没法露出讨好的笑容，也没有办法像销售员一样露出营业式的假笑。因此他只能靠真挚的语言打动对方。

"你说得也是，听起来是个不错的提议。"

她以布满皱纹的白皙的手，托着布满皱纹的白皙的脸，露出了憧憬的神情，仿佛一个热爱幻想的少女一般。但她托着脸庞的中指上戴着一枚银色戒指，戒指的正中央是一颗硕大的祖母绿宝石，正反射着光芒。汀先生突然想起小时候常见的宝石店传单广告，上面印着一排排宝石。这些传单一般夹在报纸中，随报纸一起出现在家门口的邮箱里。现在这些宝石店传单也越来越少见了。他刚学会使用剪刀的时候，经常用这些传单练手，一颗一颗地把宝石剪下来。遇到设计精美的戒指，他便十分兴奋，这就是展现他操纵剪刀能力的时候了。这些剪下来的"宝石"都被放在一个点心盒中保存起来。有一次，他成功剪出了一枚红宝石戒指，便将它送给了母亲。他还记得母亲当时开心的表情。

"嗯，去你们那儿待一阵子也是个不错的选择。那就等我见证完酒店的最后一天，再去你们那儿吧。不影响吧？我想等酒店彻底结束营业了再走。"

"当然不影响！谢谢您！"汀先生当即站起身，向她鞠了一躬。

"别别别，你太客气了。有地方收留我这种老阿姨，我感激还来不及呢。"

"不不不，我们才是。"

她似乎有些惊讶于我的重视，脸上露出了笑容。她对自己的能力没有准确的认知。汀先生心中的某个猜想在与她见面次数增加的过程中，渐渐得到了证实。她总是低估自己的能力。尽管她们十分清楚以自己的能力可以做到什么，但她们依旧觉得这份能力没有太大的用处。

汀先生挠了挠头，重新坐了下来。

他和她聊了一会儿家常。

她像是突然想到了什么似的，说道："汀先生，你日语说得真好。"

"谢谢夸奖。"汀先生回答道。他有些不好意思地移开了视线，这才发现酒店的餐厅已经开始营业了。

他在日本长大，自认为日语与别人没有太大的区别。但或许是因为他的名字和外表与日本人不同，所以总是会被夸日语说得好。十多岁的时候，他听到这种称赞，还会觉得自己被日本人排斥在外，感觉十分不舒服。现在他已经习惯了。尽管如此，每当听到这种称赞，他心里不可避免地会有些讶异，他认为自己与他们是一类人，但对方好像并不这么想。

虽然汀先生说最后一天会再过来迎接她，但她以自己有份地图就行，能找到他们公司为由拒绝了他，汀先生推脱不过，便顺了她的意。他将地图的复印件递给她，然后站起来向她鞠了一躬。她朝他挥了挥手，目送他离开。走到一半，汀先生转过头，问道："您之后有什么计划吗？"

她回答道："楼上有个摆着书桌的角落，我准备在那儿看会儿书，之前的书还没看完呢。这里有些吵。"

楼上的角落里有三张木质书桌，是她最中意的地方。每张书桌上都摆着台灯，书桌之间都有隔断，是个十分安静的角落。

汀先生回到了酒店入口处。来访的顾客明显比之前要多。大家都怀着相同的心情，或是请酒店工作人员帮忙拍纪念照片，或是在酒店内漫步，或是坐在沙发上交流。这种心情应该就是所谓的依依不舍，在参观完这个酒店后，此刻的汀先生十分理解他们。整幢建筑的角角落落都弥漫着怀旧感。

在即将离开的时候，汀先生又一次回过头。熙熙攘攘的人群中，身材娇小的她正走在台阶上，估计是准备往楼上的书桌那边去吧。从远处看，她仿佛一个女童。希望她离开以后，这幢建筑中还会出现新的座敷童子，汀先生在心底暗暗祈祷道。或许她之后还会回来，但至少在改造装修的这段时间内，就请允许我们暂时借走她一阵子。

自记事起，他就一直为人类的数量之多而感到震惊。他十分担心地球是否会被数量如此庞大的人口挤爆。这是他发自内心的担忧。直到后来他才知道，他所见的"人类"中有一半，是已经过世的人类。

不知为何，他可以同时看见活人和幽魂。小时候，他因为无法分辨对方是活人还是幽魂，有过很长一段时间的认知障碍。他的迷茫都随着初中看的电影《灵异第六感》[1]而得到了解释。原来，他和主人公一样啊。（当然不是指布鲁斯·威利斯饰演的儿童心理医生。）自那之后，他渐渐接受了自己的能力。

正因为他能同时看见活人和幽魂，自然而然地，他渐渐发现，两者其实并没有太大的区别。两者之中都存在有能力的，也都存在没有能力的。因此，他专注于寻找双方之中有能力的。

走出酒店的大门，汀先生抬头看向天空。碧蓝的天空十分辽阔。夏天已经迎来了尾声。酒店前的出租车一辆接着一辆开了过来，在门口停下。"匆忙赶来"，不知为何，他脑海中突然浮现出这个词。这些人像是匆忙赶来见这家酒店的最后一面。像这家酒店一样值得人们匆忙赶来见最

---

1 《灵异第六感》，1999年上映的一部灵异惊悚片。影片讲述的故事是：一个九岁小男孩柯尔自称能见到已故之人，心理医生麦尔康想为他治疗，却不被柯尔接受。柯尔认定没有人可以帮助他摆脱现状。但在麦尔康医生的坚持下，柯尔终于放下心防，让医生了解自己的问题，也慢慢地接受他的建议，但这时故事出现了意想不到的转折……

后一面的地方，已经越来越少了。

或许是因为招募人才成功了，又或许是回去的路由上坡变成了下坡，汀先生的步伐变得十分轻快。（等她正式开始工作，一定会有很多来自各地的人希望她过去帮忙。当然，如果她只希望在公司工作、不接受出差，公司也会尊重她的意愿。）他甚至在想，要不要在路上买点小点心带回公司，作为下午三点休息时的下午茶。

他站在阴影中，打开了手机，在点评网站中检索起附近的店铺。附近好像有家评分很高的和果子店。他在谷歌地图中点开了这家店。"导航开始。"他跟着导航迈出了步伐。她们肯定会为了争抢豆大福[1]而乱作一团吧，那我今天得包下这家店所有的豆大福了，他想道。

---

1 豆大福，一种日式点心，外皮是镶着整粒红豆的糯米，馅料是豆沙。

座敷童子

　　座敷童子是流传在日本岩手县的妖怪之一，也被称为住在家宅、仓库里的神。一般而言，其外形为五六岁的女孩，多穿红色和服。也有男童，多穿着带条纹的黑色和服。

　　座敷童子喜欢搞些恶作剧，如在灰尘或是漂白粉上留下脚印，夜晚转动纺车等。但她会给所居住的家庭带来财富，而且看见她的人会有好运。相传座敷童子在则家族兴旺，去则家族败落。

更科之队

更科之队非常厉害。

我们公司的业务内容和工作形态都十分灵活，人员流动十分频繁。但更科女士的团队却十分稳定，很少有人员变动。

更科女士的团队没有明确的队名。谈到更科女士的部门时，我们都用"更科女士们""更科之队"来称呼。

更科之队业绩十分突出。业绩如此突出的团队却没有一个固定的工作场所，对此，汀先生似乎也有些过意不去。因此，两年前公司重组之时，他为更科之队安排了一个小房间。她们的小房间位于行政办公室与第五车间之间，仿佛是突然多出来的。这样的情况在公司并不罕见，并不值得稀奇。

更科女士们对此诚惶诚恐。当汀先生提议为她们制作一块门牌时，她们更是诚惶诚恐了，连连拒绝道：

"不用了，不用了。"

"不麻烦您了。"

"真的不用麻烦您了。"

因此，房间门口就这么空荡荡的持续了一阵子。一段时间后，她们仿佛习惯了这间属于自己的房间一般，在门外贴了一张纸，上面写着"更科之队"。纸张是绘画纸，上面的字则是由红色和黑色马克笔写成。

汀先生看到后，再次向更科女士们提议："还是定制一块门牌吧。"她们又一次拒绝道：

"真的不用的。"

"不麻烦您了，真的。"

"真的不用麻烦您做这些的。"

写着"更科之队"的画纸上装饰着纸做的枫叶。枫叶是用红色和橙色马克笔画出来的，就贴在团队名旁边。或许是因为她们并不擅长手工，枫叶的大小并不相同，但在我看来，这些枫叶已经十分精美了。尽管她们不擅长，但如果是工作需要，她们就会最大限度地发挥自己超常的自控力与毅力，在最短的时间内成为手工达人。她们的这股冲劲得到了公司的高度评价。

　　更科之队的工作内容只有一项，一言以概之，即帮忙。如果公司接到大宗订单忙不过来，她们就会到车间去生产；如果项目有需要，她们也会去外地出差。但她们绝不从事接待一类的工作。我们公司没有接待这一类无须动脑也不创造价值的工作。

　　连露子和米子这对能在不知不觉中牵着对方鼻子走的销售冠军都对她们甘拜下风。但更科女士们经常会不管不顾地横冲直撞。说实话，汀先生有时也会因为她们的莽撞而感到头疼。

　　若是你不小心碰上露子与米子的目光，下一秒，手中的点心可能就到她们手上去了。因此，我会尽量避免与两人目光接触。但公司新来的一个叫小茂的年轻人，却能让露子和米子露出不甘心的神情。或许是因为他总是在发呆，露子和米子的招数对他不管用吧。

　　言归正传，在公司，更科女士们还被称作"全能防守队"。她们团队的凝聚力非常强大，工作做得十分利落，效率很高。

　　有更科女士们参与策划的项目最后一定会圆满成功。她们加入流水线后，同一时间段内的流水线产量就会大幅度增长。她们出差回来后，对方公司总是对她们的工作能力赞不绝口。在对方公司的反馈中出现最多的话是"她们很可靠"。

更科之队由十个人组成，以更科女士为首。更科女士平时十分稳重，但一旦工作起来，她就像突然变了个人一样。打着浓浓腮红的岩桥女士是个十分幽默诙谐的人，是队里的开心果。野菊女士和松岛女士拥有十分优秀的工作能力，会带头解决难题。立田女士、松风女士、玉笹女士和露芝女士负责后方支持工作。整个团队中年纪最大的田每女士拥有一双雪亮的眼睛，团队里谁的问题都逃不过她。更科之队的每个人都是不可或缺的一部分，由她们组成的团队行动力十分强大。

无论在什么时候，无论事态多么紧急，更科女士们总能摆出一副从容的淡然神情。要是看到十个表情冷静的人出场，一般的公司在气场上就已经输了大半。她们出差拜访的客户公司各种各样，其中也不乏目中无人或骚扰女性的领导。但这些人一旦与更科之队共事一段时间后，大部人的气焰便就此扑灭，处事也变得谨慎小心。要是这时候还有人固执己见，坚持自己的坏习惯而不愿改变，那就到崇尚自由且正义感极强的更科女士爆发的时候了。忘了提醒各位，更科女士以前是个不良少女。

从来没有人见到过更科女士们慌张焦急的样子。

有一次，锅内的原料混入了异物，在加热时发生了爆炸。更科女士们面不改色，一言不发地收拾好了残局，很快生产线就重新开始运转了。

关于更科之队的诞生，众说纷纭。有人说，是上一任领导田每女士考虑到自己上了年纪，是时候该培养下一任接班人了，因此招聘了新成员。也有人说，这十位女士是同时招聘进来的。但没有一个人说得清这个团队诞生的经过，也没有人知道这个团队是何时诞生的。她们悄无声息地出现在公司，不知何时已经掌握了公司所需的各种业务能力。相信不止我一个人好奇她们是如何培养出如此强大的凝聚力的吧。

更科女士们不仅在工作方面取得了优秀的成果，在日常联谊赛中也大显身手。虽然公司内部没有活动，但经常会与其他公司进行一些联谊赛。（我们公司十分重视培养员工的兴趣爱好，员工们下班后或休息日都会定期参加泰语培训班或瑜伽兴趣班。）这些联谊赛中一定会有更科之队的身影，这也是她们一展本领的好地方。

更科之队在工作中一向以配合得当为傲。在联谊赛中，她们的团队配合也十分默契。她们最擅长的就是排球，在代表公司的排球比赛当中，她们牢牢把守着冠军的位置，从未让给过其他公司的团队。比赛最激烈的时候，她们的气场犹如实际存在的物质般，牢牢地覆盖了整个赛场，简直燃到了极点。

如上文所言，更科之队由十位女士组成。但在联谊赛中，与她们对抗的就不一定是全女子阵容了。无论对方是男女混合，还是全男子阵容，更科女士们都一往无前，包揽胜利的金牌。她们仿佛对胜利有着超乎常人的执着，要是赢过了男人，喜悦之情更是溢于言表了。有一次，她们与一群肌肉结实的男人打篮球比赛，获胜时，她们中的一些人终于无法保持淡然的神情，露出了微笑。她们一旦绽开了微笑，总会让人觉得仿佛发生了什么可怕的事，令人毛骨悚然。

那次篮球比赛结束后，在更科女士准备进入更衣室前，我鼓起勇气叫住了她，询问她为何如此执着于胜利。

"因为我喜欢展现自己的能力呀。"她用脖子上的毛巾擦了把脸，表情冷静地回答道。她的队员们也都一脸从容地从我身边经过，一个个进入了更衣室。

但最近的联谊赛比的并不是运动项目，而是日本舞，因此我们都觉得更科之队不会参加。不过，她们似乎已经决心要参赛了，一有空就组织排练。据说，她们每天下完班便会径直到日本舞练习室去，要在里面练习至少三小时。她们这份努力与坚持，让人十分敬佩。我不禁好奇，是什么样的信念支撑着她们，让她们有如此强大的行动力？

那天，我匆忙赶到会场。在那里，我见识到了野菊女士的另一种能力。她正在舞台中央独自跳着华丽的舞步。更科女士与田每女士这个最强双人组则正单手持扇，一左一右地配合着野菊女士的舞姿。其他成员则围绕着她们，分布在舞台四周。音乐结束时，她们从容地摆出了最后亮相的身姿。气势一如既往地如火一般熊熊燃烧着，我不禁送上了最热烈的掌声。或许有人会想，既然她们已经学会了日本舞，那之后就可以在和室接待客户[1]了。但我们公司没有接待这一类无须动脑也不创造价值的工作。

遗憾的是，这次比赛中，更科女士们只获得了亚军（毕竟冠军队跳了十多年的日本舞）。她们面不改色，鱼贯进入了更衣室。她们明年一定会再次挑战日本舞比赛，夺得冠军的。看着她们的身姿，我暗暗下定决心，今后我也

1　日本商谈生意时一般去传统日本料理店，店内一般设有和室（铺有榻榻米的日式房间）包间。

将作为一个合格的粉丝，努力向更科之队看齐。

　　※照片与会客室走廊上的照片为同一张。更科之队的
各位一脸平静地举着团队历年赢得的奖杯与奖状。

红叶狩[1]

相传，第六天魔王"他化自在天王"给求子心切的笹丸、菊世夫妻托了一位女儿，两人为其取名为吴叶。为了躲避豪族的强娶，吴叶化名红叶前往平安京，与父母在京四条大道开了一家发簪铺。凭着年轻貌美，红叶很快就成为源氏将军源经基的侧室。入门后，红叶一心想要取代正妻橘御前的地位，便施法诅咒正妻。不料计划被人看穿，红叶被流放到了户隐山。

在那里，红叶治愈村民们的疾病，因而备受敬重。与此同时，她的妖异举动使得她在北信浓一带有了极大的势力。于是朝廷命令平维茂讨伐红叶。秋天，在漫山红叶的映衬下，红叶与维茂单挑。最后，红叶倒在了维茂的剑下。

1　日语中，"红叶狩"有两个意思，一是赏枫，二是狩猎鬼女红叶。

　　依托《红叶传说》，歌舞伎《红叶狩》选取了平维茂受命上山遇见鬼女红叶的部分。在其中，鬼女红叶首次被命名为更科姬[1]。

1　更科姬为村上义清之重臣乐岩寺马之介的女儿，据传她文武兼长，是信州第一女剑士。江户时代有《绘本更科草纸》，详细讲述了更科姬的故事。

休息日

　　我仰面躺在床上。吃过早饭，用吸尘器简单地打扫了一下地板以后，我决定稍微休息一下，便躺在了床上。结果一躺就躺到了现在。之前我在网上的杂货铺中看到了这款紫阳花色的床单，觉得颜色十分可爱便下单了。这是一个叫易步璐 [1]的韩国品牌的薄被子，我将它作为床单铺在床上。我躺在床上，漫无目的地思考着。天气很快就要转凉了，是时候买一块更保暖的毛毯了。我得快点坐起来挑选并下单了。

　　从附近的小学突然传来孩子们的吵闹声。大概是小学生们的午餐时间到了吧，时间过得真快。难得今天休息，正好又是周三，附近的电影院搞活动，我有些想去看场电影，但光是想到要出门，就觉得无比麻烦。而且我衣服也

1　易步璐，韩语为이불，日语为イブル，意为"被子"。

没换，现在身上还是一套恒适[1]蓝色针织衫。看在我住在你们附近的分上，午餐也给我来一份吧。我好久没吃到那种用铝餐盘盛的饭菜了。突然特别想尝尝那种不知算炖菜还是咖喱的配菜了，还有那种看不出腌的是什么的腌菜。啊，做饭好麻烦啊。但出去吃也好麻烦。

我才发现口香糖趴在我胸口。它总喜欢趴在我胸口，我都想不起它这次是什么时候爬上来的了。

口香糖的前肢并在一起，正仰头看着我。要是我胸部更丰满一些，它便没法趴在我胸口了，因为它现在所处的位置正是两座高山中间深深的溪谷。要是我的胸部更丰满一些，旅人们望着这两座高山，心中便会暗暗敲起警钟，他们想到城镇去，得穿过其间深深的溪谷。但随着年龄增长，我的胸部也越来越平坦。旅人们望着平坦的田野，是不会有任何想去探险的想法的。

口香糖正盯着我看。它并不希望我做些什么，眼神中也没有任何含意。它只是在盯着我看而已。只有口香糖会这么单纯地盯着我看。人类是不会这么单纯地盯着别人看的。每当人类盯着对方看时，眼神中一定会有些别的含意。

口香糖的喉咙里发出了咕噜咕噜的声音。我十分享受这

1　恒适（Hanes），一个美国大众服饰品牌。

种与口香糖共处的状态，这让我觉得我们关系十分亲密。虽然看起来十分悠闲，但它其实并没有将自己的全部重量压在我身上。要是它将自己全部的重量都压在我身上，我可能会被压死。我和口香糖对视着，我们俩都一言不发。但我脑子里却在思考另一件事。

我在思考跟大宅先生有关的事情。

我跟大宅先生刚认识没多久。前几天我们刚约了第一次会。虽然我对他并没有太深的了解，但他给我的感觉很不错，他应该是个很好的人。不过，如果要问我，他和别人有什么不一样，我也回答不上来。他跟别人有什么不一样呢？他也好，我也罢，说到底都只是人而已。可是他的确与别人不同，他的某个地方的确与别人不同。

我一边抚摸着口香糖的后背，一边思考着大宅先生。口香糖似乎觉得我的抚摸十分舒服，眯起了眼睛。

大宅先生稳重的性格，是我最中意的地方。他的手不大不小，我也很喜欢。我很欣赏他的穿搭。只要他在我身边，我就很安心。

但是罗列这些又能说明什么呢？这些特质并没有什么了不起的，我的欣赏也说明不了什么。

窗外传来了小学的广播，说现在到了打扫教室的时间。

紧接着又播起了一首童谣。童谣声十分刺耳。

爱情是一种十分虚幻的东西。人类居然靠如此不确定、称之为错觉都不为过的东西维系种族的繁衍至今。想想就觉得十分可怕。这么想来，如今的少子化现象也就不难理解了。其实，就是因为大家都渐渐认识到了爱情的虚幻，从这个美梦中醒过来了而已。若是实在无法维系种族的繁衍，索性大家一起灭绝吧。与其强迫一部分人类生育，不如大家一起灭绝吧。

口香糖，你说对吧？

我轻轻地挠着口香糖下巴的右侧。它把头往左偏了偏，仿佛在提醒我"还要记得挠左侧"。于是我挠了挠它下巴的左侧。

说实话，我不喜欢这种感觉。这种仿佛马上要喜欢上某人的感觉，这种一点点、一点点地喜欢上某人的感觉。我不知道这种感觉是好是坏。而且，可能我喜欢上的只是像现在这样一个人思考的感觉，其实我可能并不是那么喜欢对方。这也是可能的，因为我之前也遇到过这种情况。我试图在爱情指导手册中寻找答案，但从头翻到尾都没有找到相关的文字。爱情电影和爱情小说中也没有答案。我甚至都没有过因为爱情而动容的时刻。因此，爱情于我而言就更深奥了，或许爱情并不适合我。

我闭上了眼睛。阳光透过印度棉窗帘照进屋内，洒在我脸上。眼睑处感受到了阳光的温暖。口香糖的鼻子抵在我的下巴处，呼呼地喷着气。它的呼吸声很大，鼻子里不断喷出气息，我感觉自己打理得整整齐齐的齐刘海已经被吹成了中分。它喷出的气息洒在脸上，痒痒的。

我和口香糖是一起长大的。小时候，口香糖的体形十分娇小。要是抓着它的后颈放在手心，它就会在里面不安地动来动去。我总是会因此感到手心痒痒的，大笑出声。曾经那么小的口香糖也长得这么大了呀。

口香糖这个名字是我取的。因为我第一眼看到它时，它身上满是黏液，摸起来十分冰凉，仿佛是咀嚼了很多次后吐出来的口香糖。它原来叫蝦蟇[1]（gama），但我嫌这个名字没有特色，就给它起名叫口香糖（gum）。口香糖这个名字与它的形象十分相称。它似乎也很喜欢这个名字，于是我就"口香糖""口香糖"地叫着它。我们就这样一起慢慢长大了。我像它的姐姐一样，细心地照料着它。

大概是从我上初中的某一天起，我突然发现，只要有

---

1 蝦蟇，即蛤蟆。由于其外形给人不祥之感，常作为妖怪的形象出现在日本的传说中。其发音与"口香糖"的发音近似。

口香糖在身边，我就会感觉非常心安。有一次社团活动结束，天色已经暗了，只见电线杆旁站着一个黑衣男子。我当时感到十分害怕，就喊了口香糖的名字。口香糖立刻出现在我身边。

大学的时候，我还遇到过一个纠缠不休的学长。但他看到口香糖以后，就再也没有纠缠过我了。

我的朋友们都遇到过类似的情况。这些事情仿佛理所当然地悄悄融入了我们的日常生活之中。有一次在学校食堂，我正吃着炸芝士鸡排套餐时，听到有人谈论起一位友人遭遇了性骚扰的事。我心想，要是大家都有口香糖就好了，像我，就一直被口香糖保护着。

因此，同口香糖一起保护女性就成了我现在的工作。因痴汉、跟踪狂等各种骚扰而感到痛苦的女性是我们的优先支持对象。这份工作十分适合我们。

我会陪着女人们一起上下班、上下学，或是在稍远的地方守护着她们。有时候，我还会蹲点。每当有举止可疑的男人出现在附近，我就会召唤口香糖。当我们一起死死地瞪着他时，他很快就会落荒而逃。如同袋子突然破了，从中四散而逃的小蜘蛛一般，落荒而逃。我和口香糖现在可是一对互相信任的工作伙伴。

　　有时我们也会遇到一些胆子比较大的男人。这时，口香糖会张开嘴巴，伸出长长的舌头。它的舌头仿佛可以在一瞬之间裹住人的身体，再将他送进嘴里。看到口香糖的舌头，他们都吓坏了，有吓呆了的，也有吓到失禁的。因为对手都过于胆小，口香糖至今还未发挥出自己真正的本领。它巨大的身躯里蕴藏着无穷的潜力。它安静地张望着这个人类社会，或许正为人类社会而感到惊讶吧。

　　然而，无法控制自己欲望的男人依然层出不穷。因此我们这个领域的人才缺口很大。我们公司每周休息两天，但那些无法控制自己欲望的男人却没有休息的日子。授人以鱼，不如授人以渔，因此，最近我向葛叶部长提议道：或许我们应该开设一个辅导班，教女人绘制魔法阵防身。毕竟这世上最厉害的还是能在紧急时刻绘出魔法阵的人。

　　不过说实话，我已经不想和口香糖一起死死地瞪着男人了。这件事让我十分生厌，我已经瞪烦了。我更想和口香糖一起与某人对视，然后大家一起绽放笑容。尤其是在工作之外的私人生活中，我更是不想死死地瞪着谁。比如大宅先生，无论如何我都不想死死地瞪着他。但一想到自己经历过的一切，想到发生在许许多多的女性身上的一切，我就无法袖手旁观。这些悲惨的事切切实实地存在着，让作为旁观者的我觉得十分悲伤，十分愤怒，但无论我怎么努力，都无法从根源上解决这些问题。因此，我提不起干劲，只想在家中和口香糖没心没肺地玩闹。

口香糖依旧趴在我胸口，盯着我看。你是不是肚子饿了呀？我肚子也有点饿。附近的小学又安静下来，估计是到了下午上课的时间。窗帘轻轻地飘动着。口香糖的黑色眼睛里映着一个已经无法信任男性的我。

我摸了摸口香糖的头。它的皮肤是棕色的，身上遍布着帅气的黑色斑点。它翻过身，肚子上的皮肤和鸡蛋黄是相同的颜色。它的鼻子很高，鼻梁细细的，鼻尖湿湿的。不，口香糖全身都湿湿的。

或许是想到了什么，又或许是饿了，口香糖又突然悄悄从我身上下来，蹑手蹑脚地向厨房行动。只给我留下一件沾着它黏液的针织衫。和口香糖一起生活的唯一坏处，就是得经常洗衣服。

我那刚刚被口香糖压着的肚子仿佛得到了解放一般，咕咕地叫了起来。

唉，看来是没法拖了。

我叹了一口气，从床上爬起了身。

忍夜恋曲者 [1]

　　歌舞伎《忍夜恋曲者》的脚本为《世善鸟相马旧殿》的
第六幕，后者改编自山东京传的读本《善知鸟安方忠义传》。

　　根据《善知鸟安方忠义传》，平将门的女儿泷夜叉姬从小
容貌端庄美丽，且无欲无求。在父亲将门谋反失败后，她化
法号为如藏尼，专心佛道。后来她受蛤蟆精灵肉芝仙的蛊惑，
与同父异母的弟弟一同企图谋反。他们利用妖术召集同伴，
盘踞在了平将门的废宅中。她曾想色诱大宅光国，使其成为
伙伴，不料这一计谋被大宅光国识破，泷夜叉姬最终走向了
自杀的结局。

1　标题直译为：忍耐的夜晚，恋爱中包裹着歹心。

似乎很开心 *

* 原文为"楽しそう"，其中"……そう"，可译为"……的样子"，也可写作汉字"相"。浮世绘中
常有"……之相"的说法，如《风俗三十二怪相》中的"かゆそう"，译为"痒之相"。这个标题既表
示"似乎很开心"，又有"开心之相"的意思。

　　当我听说她们要等三年后头发长出来才愿意见人时，只觉得那是些傻女人。

　　的确，威胁别人的时候，头发长的人可以挥舞自己的长发，看起来十分有威慑力。但现在假发也可以乱真，为此浪费三年时间实在太愚蠢了。

　　我是在很久以前去世的。根据当时的风俗，他们在我死后剃光了我的头发。没过多久，当我在另一个世界醒来时，想到自己看得比命还重的头发就这么被剃光了，不禁悲从中来（人都死了，还要剃光头发，有点过分了吧）。我小心翼翼地走到三途川[1]畔，看着自己映在河中的影子。一身白衣的我有着一个光溜溜的头，看上去居然还挺和谐的。

1　三途川，又称三途河，日本传说中它是生界与死界的分界线。人死后要渡过此河，水流会根据死者生前的行为，而分成缓慢、普通和急速三种，故被称为"三途"。

这让我大大地松了口气。生前我都没发现，自己的头型原来这么棒。

我还未去世的时候，丈夫就已经找好了下一任妻子。当时我为此而深受痛苦和懊悔的折磨。去世之后，我就仿佛从丈夫的诅咒中解脱了一般，彻底看开了这件事。他怎么样，都与我无关了。他们都说人死后会化为幽灵，会怀抱着深深的怨念。但我恰好相反，我在生前怀抱着深深的怨念。

丈夫曾说过："要是我敢娶新的女人，那你就化作幽灵来看我们吧。"我是个守信之人，便去他们那里露了个脸。令我意外的是，他与新一任妻子结婚的时间比我想象中要早很多。想来也是，他没法靠自己完成任何事。我已经可以想象到婆婆为了替她心爱的独子另寻妻子而四处奔波的画面了。得知我患病的时候，婆婆是发自内心地为此而感到惋惜。

听说头发重新养长需要花三年时间。正如开头所说，我真心觉得为此浪费三年是件十分愚蠢的事。于是，我就顶着一个光头，出现在他们面前。其实我是个十分怕麻烦的人。活着的时候，为了掩饰这一点，我付出了很多努力，但现在我已经死了，就随心所欲了。

时隔许久，我又出现在自己家中。家中的摆设没有任何变化。唯一称得上变化的，就是与丈夫躺在一个被窝里的女人已经不是我了。丈夫的新任妻子睡得很沉，从我这个角度看不清她的脸。但我也不是非要看清她的脸。我拍了拍丈夫的肩膀。他很快就醒了。

我以为当他看到光头的我出现在面前时，会感到害怕。没想到他竟放声大笑起来。

"这还挺适合你的。"

当然了，那个时代的表达肯定不是这样的，这不是他的原话。但是若把他的话翻译成现代语言，差不多就是这种感觉。

我有些害羞地摸了摸自己手感很好的头皮，笑了起来。"葬礼的时候，你不是看见过一次吗？"

"那时候我哪里顾得上这些呀！那时我一直在心里埋怨老天，让你遭受了这么久病痛的折磨。"

"啊，谢谢你的关心。如你所见，我在那儿过得挺舒服的，你也要开心点啊。"

"嗯，我会的。"

"那就这样。"

"嗯，再见。"

就这样，我们结束了第二次告别。这次的告别比第一

次要来得体面。第一次的时候，我病入膏肓，与死亡只有
一线之隔，他也因为照顾我的病体而忙得焦头烂额。现在
想来，那时候我们都沉浸在这个从天而降的悲剧中，眼里
只有这个悲剧，因此做了很多不体面的事情。

自那以后，我便一直保持着光头。

随着时代的变迁，服装发生了很大的变化。或许再没
有比现代的流行服装更适合光头的了，我想。耳朵上挂满
耳钉，乐队破洞短袖配上黑色破洞牛仔裤，脚踩一双马丁
博士牌的马丁靴。涂着鲜艳的口红，眼线拉得长长的。听
说上面的世界中有不少女孩的打扮像我一样。时代终于跟
上了我的脚步，这可太慢了。

我十分喜欢现代的文化，现代的这种所谓"流行文
化"。我还特别喜欢听现代音乐、看现代电影。今年放映的
《疯狂的麦克斯4：狂暴之路》中的女主角费罗莎指挥官，
和我就是同一个发型。这着实让我骄傲了一阵，我去影院
连看了四遍。我在放映厅的走廊中或椅子上飘荡着，为费
罗莎指挥官的精彩表现而欢呼。有时候，我还会偷吃那些
盯着电影屏幕看入迷了的观众的焦糖爆米花。

* * *

妻子死后活得似乎很开心，因此我一直不好意思去打

扰她的兴致，就这样过了很长一段时间。

她是我的第一任妻子，身子一直十分虚弱，和我结婚后没多久就撒手人寰了。或许是因为她生前活得过于单调，死后她的生活反而变得十分精彩。

我们其实在同一家公司工作。可能是因为公司比较大，她从未发现过我。有时我甚至会想：这真的可能吗？别开玩笑吧？别是在逗我吧？

前段时间，我在公司的走廊里与正哼着歌的她擦肩而过。她头上罩着头戴式耳机，隐约可以听见她耳机里传来的音乐。她并不是故意无视身边人的存在，只是她现在沉迷于朋克风，不会注意身边人的长相，也不会和路过的人搭话。我非常尊重她的想法，因此没有上前跟她搭话。只要她过得开心就够了。

我还活着的时候，她站在我枕边，留下一句"如你所见，我在那儿过得挺舒服的，你也要开心点啊"便消失了。当时听了这话，我只觉得她真是个无情的女人，但现在我终于理解她的想法了。她不希望我继续挂念着她。当时我明明已经有了新任妻子，心里却还惦记着原来的妻子。的确，那样对两任妻子都不公平。

她所在的部门包含了不少企业机密，因此我也无从得知她的工作内容。我的工作内容十分明了简单，就是基础的办公室文件整理和机械的产品质检工作。

我没有任何值得一提的特殊能力。直到死后，我才意识到这一点。回想起活着的时候，我的确没有留下任何成果。只因为我是男人，周遭的人就会对我网开一面。哪怕我的妻子去世了，他们也会很快替我准备好另一位妻子。我什么都不需要操心，因为他们会替我安排好一切。我一直觉得这些都是理所当然的，因此从未认真思考过其中的原因。仔细想来，在世的时候，我甚至没有像模像样地工作过。我不禁为此感到有些羞愧。

我很喜欢现在的工作。工作内容虽然简单，但对准确率有很高的要求。或许是因为生前没有脚踏实地地工作过，现在从事的这份工作让我觉得十分新鲜。这是我第一次体会到所谓工作的快乐。原来，我内心其实一直在祈求这样的生活。

我们公司的员工中，活着的人和过世的人各占一半，还有一小部分人拥有一些特殊能力。大部分活着的人是看不见我们这些已经过世之人的身影的。若是他们看得见我们，估计会因为公司大楼里竟有数量如此庞大的人而感到惊讶吧。

在这家公司工作的时候，我总是在想：过世的人反而比活着的人更有活力。活着的人总有一天会迎来死亡，这具终将死亡的肉体束缚住了他们的能力。此外，他们还生活在社会中，社会这个体制也限制了他们能力的发挥。人类是多么悲惨的生物啊，我不禁感慨。有时候我也会想，生前我一事无成，社会的原因是否也占一部分呢？虽然当时还没有"社会"[1]这个概念。虽然这个想法听起来很像是个借口。

午休的时候，我坐在公司中庭的长椅上喝着罐装咖啡，漫无目的地望着远处发呆。刚刚还在二楼的走廊处看到汀先生的身影，下一秒他就突然出现在我眼前，把我吓了一大跳。汀先生总是这样。他会突然出现在公司的各种地方，并且能同时处理许多工作。有时候，我都怀疑他已经成了一个超越物理规则的存在。

"吓死我了。汀先生，您到底有几个分身啊？"我开玩笑似的问道。

"我没有分身。"汀先生非常认真地回答了我的问题，紧接着便关心起我的情况，"你工作还适应吗？"

"我觉得工作挺开心的。"我十分坦诚地回答道。提到

---

1 "社会"作为英文"society"对应的概念，是在19世纪中期之后进入日本的。明治时期，它开始被广泛使用。

工作，我不禁露出了笑容。

"那就太好了。"听了我的回答，汀先生的嘴角似乎上扬了一下。仔细看过去，他又恢复了一本正经的神情，仿佛刚刚只是我的错觉。

"汀先生，您呢？"

"嗯？什么意思？"

"您的工作怎么样？我看最近大家都在讨论信条、商业模式之类的，想来您在这方面也有一定的见解吧？"

我前段时间刚看了一本商业类畅销书，从里面学到了这两个新词。

"信条和商业模式啊……"戴着黑框眼镜的他皱起了眉头。

"应该就是夺取富人手中所有的财富吧。"这个回答出乎意料，我有点意外，"然后通过各种手段，将这些财富分发给穷人。社会的贫富差距实在是太大了，让人无法忽视。"

说完这些后，他冲我点了点头，就这样结束了对话。不知何时，他已经围上了一条红围巾，提着公文包，朝正门方向走了过去。真是个奇怪的人。罐里的咖啡已经有点凉了，我一口气喝完了剩下的。

* * *

丈夫死后工作得似乎很开心，因此我只是静静地观望着他。活着的时候，他把所有事都一股脑儿扔给我，所以我觉得现在他这样挺好的。生前我并未对这种生活方式产生过疑问，也没有质问过他，他是否发自内心认为这种生活方式是正确的，这段关系中我的权利去哪里了。或许那时候我应该与他一起探讨这些问题，不过现在说这些也没用了。

话虽如此，丈夫骨子里并不是个坏人，因此我对与他打个招呼聊会儿天也并不反感。但一想到死后还要延续生前的关系，我就觉得十分无趣。保持现在这样的关系也挺好的，把事情弄得不清不楚也非我所愿。

我站在窗边，小口小口地啜着饮料，远远地望着坐在中庭长椅上的前夫。这家公司的房间配置会发生变化，两个房间之间的距离有时会突然变长，有时又会突然变短。但我所在的部门永远位于公司最偏僻的角落，因此我并不担心丈夫会察觉我的目光。我无法与各位细说我的工作内容，简单来说，是与研发相关的工作。有时我也会羡慕公司的招牌员工那些五花八门的能力，她们有的能变身，有的会施展法术。但我不具备那些能力，也就认命了。我对自己的能力已经十分满意了，毕竟能创造新事物也是种很不错的能力。而且在这个岗位上，我能穿一身白衣。我是真的很适合白衣。

死后我才发现，深爱过自己的丈夫和与自己无关的陌生人也没有多大的区别。这可真是个了不得的发现。我丈夫先于我去世，在那之后，我还度过了第二段精彩的单身生活。当然，一开始我也非常悲伤，每晚以泪洗面，埋怨他为何独留我一个人在这个世上。但是渐渐地，我发现一个人活着反而更轻松，连家务的负担都轻了不少。

因此，我静静地观望着他。说是观望，其实不太恰当。只是他的身影偶尔会出现在我的视线中，仅此而已。丈夫也没有向第一任妻子打招呼，估计也抱着相同的想法吧。现在这样就挺好的。现在这样，大家都十分快乐，十分幸福，对现在的生活状态都没有任何怨言。

我小口小口地抿着甜甜的星巴克经典印度拉茶，望着远处的丈夫。他将空饮料罐扔进垃圾箱，回到了工位上。虽然天气已经彻底冷下来了，但我还是喜欢喝冰饮料。

第三年

　　相传，以前有对感情很好的夫妇。妻子卧病在床时，不小心听到屏风后医生跟丈夫说她命不久矣。她把丈夫叫到窗边，说道："要是我死后你敢娶别的女人，在钟声响过八次后，我会变成幽灵来找你的！"

　　虽然丈夫再三向她保证自己不会续弦，但妻子死后没过多久，他便招架不住亲友的劝告，不得已而重新娶了一位妻子。婚礼当晚，丈夫通宵未眠，但前妻并未出现。丈夫安心了不少，没过多久便忘了自己与前妻的约定，并与新任妻子生了个可爱的孩子。

　　时间过得很快，那天丈夫办完了前妻的三回忌[1]，正当他看着新任妻子和孩子睡梦中可爱的脸庞时，不知从何处响起了八下钟声。他的前妻出现了，说："真是可恨啊！你居然有

———————————
1　三回忌，指人死后三周年的祭祀。

了这么漂亮的女人，还有了这么可爱的孩子，你违背了我们之间的约定！"

丈夫回答道："你现在这么说我也没办法了。我结婚当晚你为什么没来？我一直在等你！"

妻子反驳道："还不是因为我死的时候，你的亲戚们把我的头发剃了个精光！你结婚的时候我还是个光头，这让我怎么见人？我养了三年，现在才敢出来见你！"

榎木的一生

榎木曾经十分困惑。

这件事发生得很突然。在毫无征兆的情况下，来拜访的人与日俱增。他们的目标十分明确，都是为了拜访它而来。刚开始的时候，榎木感到十分困惑。它不知道他们是为了什么而来。从他们口中得知了缘由后，它十分震惊。它非常清楚自己的身体有些特别之处。它的躯干下方有两颗凸起的瘤子。但它并不觉得这有什么可稀奇的。瘤子会长在任何东西上，也会长在任何部位。要是放到现在，它这两颗瘤子就是个性的体现。瘤子并不会危害健康，因此榎木并不把自己的瘤子当回事。瘤子就是普通的瘤子而已。

但是他们说，榎木的存在是特殊的。他们相信，榎木的瘤子不是普通的瘤子。他们虔诚地跪拜榎木的瘤子，将瘤子分泌的树脂当作圣物，小心翼翼地带回去。他们的所作所为怎么看都不能称之为理性，榎木对他们的行为感到十分不解。

前来参拜的这群人中，女人更为异常。仿佛已经被逼得无路可走了，她们在它面前双手合十，深深地垂下了头。这令榎木觉得非常不可思议。对于他们的行为，它一直觉得十分别扭。在它感觉更不适应的时候，它还曾冲他们发过火，怒斥道："你们是不是脑子有病啊?!"

当它知道人们将这两颗瘤子看作乳房，将瘤子分泌的树脂看作母乳时，它的情绪由原来的震惊转而变为恐惧。

恶心。只有这两个字能形容它的感觉。

他们这么说道：榎木的瘤子分泌的树脂是"甘美的露水"，能保佑女性产乳。母乳分泌量小的女性将其涂在自己的乳头周围，母乳便会增多。

这怎么可能?

榎木"甘美的露水"与人类女性分泌的乳汁没有区别?无法分泌出母乳的女性可以用其喂养婴儿，婴儿将茁壮成长。

这怎么可能?

每当它无意间听到神社内的人们谈到这些可笑的事情时，它都会在心里呼喊，抗议似的挥舞着枝叶，但没有任何人注意到。他们眼里只有从它瘤子中分泌出来的树脂，没有多余的精力关心叶子是否在摆动。

　　人类非常喜欢对事物做出他们特有的解释。榎木也十分清楚这一点。人类只有对事物做出独有的解释，他们的信仰才能建立起来。从这个角度来看，这不是一件坏事。

　　但当榎木得知自己的瘤子被人类解释为女性的乳房时，它浑身都涌动着强烈的不适感。这只是单纯的瘤子，分泌的油脂也不是什么"甘美的露水"。喝了说不定会对人体造成什么不良影响，还是不要入口为好吧。榎木丝毫不相信自己拥有这种所谓的特殊力量，反而为他们感到担忧。但人类却深信榎木的力量，希望从它身上得到救赎。

　　经过长年的思考，榎木终于找到合适的语言来表述当初自己感到恶心的原因了。它得出了一个结论：不只是它，哪怕是无机物或自然界，所有东西都不喜欢被人类用他们的标准来衡量，被人类做出特有的解释、赋予特别的意义。人类种植出一棵蔬菜，若是其形状与人体的某个部位有几分相似，他们就会皱起眉头，露出一副"这真是个下流东西"的表情。这些自然生长出来的蔬菜为什么会被看作下流东西？究其原因，是人类戴着有色眼镜。他们形容乌冬面的劲道和形容女人身体的柔韧性使用的是同一个词。[1]他

1　这里指日语こし（koshi）一词。

们给水果品种起的是女性的名字。[1]根据它长期的观察，人
类是一种十分奇怪的生物。他们会将一切事物都从性的角
度来解释，并因此而感到愉悦。真是愚蠢。他们已经彻底
没救了。

　　他们甚至在与他们没有任何血缘关系的榎木身上追求
"母乳"。榎木对"母乳"这个词感到深深的恐惧。这是个
十分可怕的词，要是处理不当，会造成十分可怕的后果。
它无法明确地表述出来，但它有这种直觉。因此，它并不
想与这些东西扯上关系。然而，现状却是，它被迫与这些
东西有了关联。

　　然而，女人们的痛苦却与之不同。她们脸上的痛苦不
是虚假的。榎木清清楚楚地记得那些来拜访的女人脸上的
神情。

　　在那个年代，奶粉还没有被发明出来。在榎木看来，
生活在那个年代的女人是最悲惨的。尽管现代也不乏无脑
鼓吹母乳、将其当作宗教圣物来崇拜的人，托他们的福，
女人的生活也并不好过。但在最糟糕的情况下，女人们还
有奶粉这一选项。奶粉是她们在危机降临时的最后一道防
线，要是没有这道防线，她们将陷入痛苦之中。

1　如日本的草莓品种名为"章姫"。

它突然想起从前有个叫喜濑的女人的故事。这是从别人口中听来的。很久以前，有个叫喜濑的女人，某一天，她遭到了强奸。对方威胁她说，如果不就范便会杀掉她还在襁褓中的孩子。不得已之下，她只得委身于他。在那之后，他仍然没有放过喜濑，甚至杀害了她的丈夫，逼迫喜濑与自己结婚。

这真是个残酷的故事，但这个故事还没有结束。更残酷的是，从那时起，她的母乳分泌得越来越稀少了。这位新丈夫如此提议道："反正你也没有奶水了，孩子就让别人带吧。"喜濑虽然心中十分抗拒，但她确实无法给自己的孩子提供营养，只能含泪送走自己的孩子。

要是这个时候有奶粉的话！！"不用了，有奶粉。"喜濑就能一脸淡然地抱着自己的孩子，拒绝那个男人的提议了吧。男人也会因此而烦恼：是啊，有奶粉，我这个理由的确有些牵强。

孩子被托付给了一个老头。虽然男人暗中吩咐老头子将这个婴儿杀掉，但这个老头也免不了落入俗套。老头看着这个可爱的婴儿，怎么也下不去手，便下定决心偷偷地抚养。

在这个过程中，最让老头苦恼的，就是去哪儿找母乳给这个孩子喝。他再怎么努力，也没有办法分泌出母乳来。

因此，他只能靠着向路过的女人讨要的母乳，勉强让孩子不被饿死。就在这时，一个传言飘进了老头的耳朵里，于是他来到了榎木面前。听完他的叙述之后，榎木才知道了喜濑这个女人。

孩子喝了榎木"乳房"中分泌的"母乳"后茁壮成长，很快就长大了。自此，关于榎木的传言便有了活生生的印证，传言越来越夸张，直到最后，榎木成了当地的传说。榎木至今都觉得这是无稽之谈。再怎么想，光靠它瘤子里分泌的树脂都不可能让一个婴儿茁壮成长。那个老头一定是喂了婴儿其他东西。一定是这样的，榎木在内心祈祷道。它没有这种特殊能力。

过了一段时间，喜濑与她的第二任丈夫有了自己的孩子。可惜因为喜濑分泌不出母乳，这个孩子很快就饿死了。最后，她的乳房里长出了不明物体，自己也因此而精神错乱，没过多久就去世了。一个被强奸、被夺走了孩子的女人，围绕着她的乳房发生了一系列惨剧，最后就这样迎来了她悲惨一生的结局。老天有眼的话，估计也看不下去了吧。

喜濑的故事只是在痛苦中挣扎的万千女人的一个缩影。榎木目睹了数不胜数的女人，她们都因母乳分泌不畅，每天以泪洗面，生活在痛苦之中。

　　这些女人将自己最后的希望寄托在从榎木的瘤子里分泌出来的黏腻树脂上，以寻求救赎。透过厚厚的表皮，它感受到了从她们身体里传来的强烈渴望，它感受到了女人乳房的柔软与坚韧。它表皮粗糙的"乳房"与她们的乳房毫无相似之处。每当听到人们将这两样东西相提并论时，它都觉得坐立不安。对这些女人来说，这是一种侮辱。这些女人将救赎的希望寄托在了它的超自然力量上，而它却并不具备任何能力，它并不能为她们做任何事。虽然它非常清楚这并不是它的错，却也因此感觉到了几分悲哀。

　　时至今日，几乎已经无人愿意专门前来拜访它了。它已经成为历史。偶尔也有几个兴趣奇特、对过去的传说有一定研究的人来到它所在的地方，但他们都只是远远地站在一边眺望它的身影，偶尔拍几张照片，并不会有进一步的举动。

　　这些在绝境中奋力挣扎的女人的身影，再也不会出现在榎木跟前了。尽管她们依旧存在于这个社会中，但她们已经不会再去榎木身上寻求救赎了。

　　榎木依旧不相信自己有任何超自然的特殊能力。但有时它也会思考，假设自己拥有这种能力，是否就能成为那个时代的奶粉？这么想来，它似乎就没那么反感这场不由分说地降临在自己身上的闹剧了。

　　神社内人烟稀少。远处不知哪里传来了鸟鸣声。风吹过来，它惬意地随风摇了摇自己的叶子。没有任何人、没有任何事物在意榎木的存在。时间不断地流逝着。季节变迁。榎木并不觉得寂寞，反而因此松了一口气。它终于从那种压力中解脱出来了。它的树脂终于变成了普通的树脂，它的瘤子终于变成了普通的瘤子。榎木终于变回了普通的树。

乳房榎

　　以下为本故事的落语版本的梗概。

　　画师菱川重信受南藏院之托，要给寺院本堂的天花板绘制雌雄双龙。他的妻子阿濑和刚出生的儿子真与太郎便被留在了柳岛。重信的弟子矶贝浪江对阿濑心有爱慕，便装病在阿濑家住了下来。深夜，他潜入阿濑的卧室，威胁其委身于他。遭到拒绝后，他便以孩子的性命为条件威胁阿濑。阿濑不得已只能屈服于他。有一就有二，他们的这段关系便持续了下去。

　　等到重信快画完之时，浪江买通了重信的男仆正介，将重信灌醉，趁他醉醺醺的，浪江用竹枪将其刺死。正介吓坏了，跑到南藏院，发现重信居然还在本堂绘画，还呵斥他："你看什么看！"听到正介惨叫的僧人跑到了本堂，只见画好的双龙，却未见到重信的身影。

之后阿濑与浪江再婚，但因为胸部长出了肿物，没多久就发疯死去。正介带着真与太郎回到了自己的故乡，靠着在松月院当守门人维持生活。松月院内有棵榎树，长着乳房状的瘤子，瘤子尖会分泌像乳汁一样甜蜜的树液。真与太郎便靠喝着这种树液茁壮成长，五岁的时候替自己的父亲报了仇。

菊枝的青春

"一个、两个、三个、四个……"

窗外传来自行车响亮的铃铛声。一辆自行车从右往左经过窗边。菊枝的注意力被自行车带走了片刻，不过她又及时回过神来。

"五个、六个、七个、八个、九个……"菊枝放下手中的盘子，伸了个懒腰。她已经数了三遍了。

"嗯……还差一个。"她检查过交货单，上面清清楚楚的写着"十"。

菊枝盯着柜台上的九个盘子。这是她在去年的展会上一见钟情的产品。当时她看到这一系列盘子，就被上面画着的可爱植物或动物所吸引，心脏怦怦地跳动起来。这一系列盘子在店内的销量也很好。虽然这也有她在 ins 和博客等社交媒体上宣传的功劳，不过前来购买的顾客的数量超出了她的想象，称之为菊枝店内销量最好的商品都不为过。
这一系列盘子上的图案是新锐人气画师亲手绘制的，每次
进货都要隔很长一段时间。但这好像反而勾起了人们的热
情。现在好不容易进到一次货，盘子却缺了一个。

算了，先摆到货架上再说吧。菊枝把盘子重新放回箱
子里，打开了笔记本电脑，向厂家的负责人发送了一封
"关于收到的盘子少了一个"的邮件。

点击发送按钮后，她长长地吐了一口气。每次发送这
类邮件，她都十分紧张。这家小小的店铺是她一个人经营
的，因此总是会被厂方小瞧，她的意见不被当回事。虽然
她过去在公司工作时，也很少有人会把她的意见当回事。
这是她第一次与这个厂家联络，不知道对方姓什么，只知
道是个名叫裕太的男子。希望对方能相信自己的话吧，她
在内心暗暗祈祷道。

真的吗？难道不是你摔碎的吗？然后把碎片藏起来，
就成了我们少发了个盘子。菊枝的脑海里浮现一个中年大
叔，他这么对她说道。脑海里浮现的大叔眼中流露出强烈
的鄙视与不耐烦。

每当她预感到可能会发生一件糟糕的事情时，她总会
先想象一下最坏的情况，给自己一个心理准备。这是她面

对即将到来的三十五岁大关时养成的一个习惯，这种时候她总是会提前给自己打好心理预防针。

这个叫裕太的人，会不会跟我想象的一样，是个中年大叔呢？

菊枝盯着电脑屏幕上显示的"裕太"这两个字。要是对方真的是个中年大叔，那就与她的想象如出一辙。她不会惊讶，也不会因此而情绪低落。

她合上电脑，开始在货架上摆放其他杂货。这些杂货都是她刚刚确认好的，数量和品质都没有问题。菊枝的店并不宽敞，大小只有八叠[1]左右。左右两边的墙壁上是极具设计感的木质架子，店内正中央放着一张木质的大桌子，桌子上摆着陶瓷类产品和亚麻制品。菊枝平时就坐在收银台前打发时间。墙壁是温柔的白色。是菊枝装修店铺时亲手刷的，刚开始因为颜色过于雪白，她还有些担心。随着时间的推移，颜色渐渐沉淀下来，现在成了十分赏心悦目的白色。姬路城也是一样，刚改装后墙壁也白得有些过分。因为在这一带，大家抬头就能看见姬路城，对此感到不安或震惊的人不在少数。两年过去，如今抬头看姬路城时，她已经不觉得墙壁的

---

1 叠，日本计量单位，"叠"就是几张榻榻米中"张"的意思。一张榻榻米宽90厘米，长180厘米，厚5厘米，面积1.62平方米。八叠约为13平方米。

颜色有什么突兀的了。

　　现在菊枝最在意的，是靠近店门的墙壁有一个突出的部分。店门旁有一扇窗，窗附近的墙壁要比其他部分的墙壁厚得多，这导致店内的空间看起来不是很对称。尽管如此，她却不能做什么，因为这个部分的墙内藏有姬路城单轨列车的桥墩。

　　姬路城单轨列车被宣布废弃的那一年，菊枝刚好出生。其实在那之前，它就停止运行了。因此，菊枝从未乘坐过这趟列车，但她每天却得为它而烦恼。

　　姬路城单轨列车是在20世纪60年代开始运营的。起点站是姬路站，终点站是位于它西面的手柄山，运行距离为一点八公里。但八年后它就停止运行了。这也不难理解，这个距离步行就能到。步行就能到的距离，票价又不便宜，大家便都选择步行前往。菊枝长大后才渐渐知道单轨列车被废弃的原因，愈发觉得这仿佛是个不好笑的笑话。当时的那位市长脑子一定不好使。

　　手柄山上有海洋馆和植物园。市民文化中心也在那里，城里的各种艺术类兴趣班的表演会一般在那儿举行。菊枝上高中前课外一直在学习钢琴，也曾参加过在市民文化中心举行的钢琴表演会。如果要去手柄山，只需要顺着单轨列车的桥道走就行了。说来也可笑，尽管姬路城单轨列车早就被废弃了，但由于拆除车道所需要的费用十分可观，于是它就这么被放置了几十年。要是这座城市里有善良的北方女巫[1]，估计她不会说"沿着黄色的小路就能走到奥兹国"，而会说"沿着单轨列车的桥道就能走到手柄山"，那样多萝茜绝对不会迷路。

在即将踏入二十岁之时，菊枝离开这座城市，去了另一个县[2]念大学，毕业之后又去大阪工作了。虽然她偶尔会回来看望父母，但由于父母家位于城市的北侧，因此自她离开后，便几乎没有来过手柄山附近。

这家店原来是菊枝母亲经营的化妆沙龙。说是化妆沙龙，其实就是随处可见的卖化妆品的店铺。店内摆着面向大众的普通化妆品，有时还会给来访的客人一些化妆建议。来访的客人通常是一些大妈。在菊枝的记忆里，小时候她总是能在店内看到大妈们。

所以当她接到母亲告诉她自己不打算继续开店的那通电话时，她没有任何犹豫。虽然菊枝的积蓄并不丰厚，但在她印象中，这个店面的租金十分低廉，甚至比她现在的

1　北方女巫（Addaperle），《绿野仙踪》中的女巫，她告诉多萝茜沿着黄色的小路能走到奥兹国，还在她脸上留下印记来保护她。

2　日本的县相当于中国的省。

房租都要便宜，而且她在老家可以住自己的老房子，无须付房租。

菊枝辞去了工作。她决定将店面改装成杂货铺。在改装的过程中，她坚持尽量自己动手以节省装修费。她已经厌倦了公司这样的宽敞之地，想要一个一切都在自己掌控之下的地方。要是开不下去了，到时候再想办法吧，她想。

但当她真的站在店门前时，看到单轨列车的桥墩，仍然会感到惊愕。从外面看过去，桥墩插进了小小的店里。"这搞什么啊。"她不禁出声感慨。这家店的位置非常尴尬，整栋建筑似乎也已开始腐朽。她开始怀疑自己的眼光。

旁边有不少同样大小的店铺。这些店或是装修成了拉面店，或是装修成了美发沙龙。但是每隔几家店，就会看到一个如烟囱般插在店中央的桥墩。不远处是新修建的高楼大厦，与这条商店街形成了鲜明的对比。时光仿佛在这里静止了一般。

沿着商店街走到尽头，再往西边走就是高尾公寓楼。原来姬路城单轨列车的旧大将军站就在高尾公寓楼的正中央。现在这个建筑已经变成了废墟，里面的居民也早已搬走。高尾公寓楼附近的桥墩外面布满了爬墙虎的叶子，看起来像某种植物化成的怪兽。

　　再往前走，穿过一些便利店和新建的高楼大厦，就是船厂川沿岸了。这附近虽然有山阳新干线[1]的轨道，但姬路城单轨列车的废墟也随处可见。这里不仅有附近的人竖立的"禁止在桥墩周围扔垃圾"的牌子，也有爬满牵牛花的架子，此外还有一些被开垦出来的菜地。随着时间的推移，这块区域便渐渐发展成了现在的模样。菊枝还清楚地记得，她小时候并不觉得单轨列车的桥墩有什么不合理的，可如今在她眼里，这些桥墩十分别扭。对此菊枝觉得非常不可思议。原来，一旦离开了某座城市，时隔几年，再次回来时，便能发现一些原来看不到的东西。但随即，她心中又浮现出一个新的疑问：真的仅仅只是因为这个吗？

　　菊枝记得她刚回姬路城后没多久，还与男友一起沿着单轨列车的轨道散过步，去了尽头的海洋馆。那天，她在大阪的男友请了一天假来姬路城看她。她已经与男友分手了，但她依旧记得那天两人十分亲密、手牵手沿着轨道散步的时光。

　　那是个阴天。男友对姬路城单轨列车的了解仅限于网上的信息。因此得知她愿意陪他散步时，他十分感动，沿

1　山阳新干线，一条连接了大阪府大阪市与福冈县福冈市的高速铁路。由于它是以延长东海道新干线的形式建设的，多数列车均直通运行，所以被统称为"东海道·山阳新干线"。

途拍了不少照片。当菊枝询问男友想去哪里时，他脱口而出的就是姬路城单轨列车，而不是姬路城。他对于姬路城单轨列车的热情可见一斑。

姬路城单轨列车在铁路迷和废墟迷中间有一定的人气，菊枝也承认这一点。现在她偶尔还能看到一些抱着看起来就十分专业的相机的人穿过这条商店街的身影。还有些人会站在店门外，用羡慕的目光注视着她的店铺。他们看向的并非她精心挑选的杂货，而是那面藏有桥墩的墙壁。虽然这几十年来单轨列车废墟在一点点地被拆除，但据说近期才会正式开始拆卸。也有传言说，菊枝的店所在的商店街也会在正式拆卸过程中被一并拆除。因此，最近为了见姬路城单轨列车废墟最后一面而来的人越来越多了。或许她男友也是其中一员。与其说他是来看菊枝，不如说他是来看姬路城单轨列车的。

那天，她还和男友一起去逛了海洋馆。她已经有几十年没去过这家海洋馆了。当男友告诉她，这个海洋馆的入口不在地面而在二楼是因为这里曾经是单轨列车的终点站时，她有些惊讶。她对此一无所知。

菊枝站在二楼的走廊上，眺望着刚刚自己沿路走过来的轨道。有些地方的桥墩已经消失了，但是还能大致推测出原来的样子。她现在站着的地方就是轨道的终点。明明存在终点，但中途的道路已经残破不堪，这令她有些伤感。她觉得，这条轨道仿佛是城市的一条幻肢。这真是令人悲伤。当不存在的东西变得无从可知了，这份悲伤也会随之消失吧。

两人都是从大城市来的，见惯了大型海洋世界。因此，在他们看来，这里的海洋馆有些过于朴素了。但其中的一些展示柜依旧会让他们觉得一言难尽。

在标本展示柜前，两人惊得瞠目结舌。这里陈列着许多奇怪的标本，如一只贴着"被砍头的大山椒鱼尸体"标签的无头大山椒鱼，一只贴着"被同类啃食的大山椒鱼"标签、泡在福尔马林溶液中只剩半个身体的大山椒鱼。这个"被同类啃食的大山椒鱼"标签上，还有详细的说明：

1996年，长为35cm的大山椒鱼在养殖过程中被同水槽中的其他大型大山椒鱼（80cm~117cm）啃食，这是当时剩下的残骸。

离开标本展示柜后，他们走下了台阶。男友仿佛还没从刚刚的打击中回过神来，表情沉重地说："刚刚的那只鱼，让我有心理阴影了。"

菊枝重重地点了点头，她十分赞同男友的看法。

她记忆中的触摸池也变了。她曾经触碰过海星和小鱼的地方，现在成了鲨鱼和扁口鱼的天下。水中还竖着几块告示板，上面用红字印着"请勿伸手，小心被咬"。

久违的植物园也很奇怪，里面的食虫植物多到有些异常。标签上还有手绘插画和说明文，下了很多不必要的功夫。菊枝回想起小时候，每次她来到这里，都会战战兢兢地触碰这些植物，看着它们因为自己的触碰而收拢叶子。比起那时候，如今这个植物园已经荒凉了不少。

他们离开了植物园，沿着单轨列车的轨道往回走。"你家附近有点诡异啊。"路上，男友笑着跟她说道。菊枝心中无比赞同。这一带的所有力量仿佛都集中在姬路城，别的地方都有些扭曲。男友也感觉到这一带有些诡异，这与她自小就有的感觉是相同的，为此她感到十分开心。但没过多久，他们就因为异地恋而分手了。

一位女顾客进入店内，菊枝朝她轻轻点了点头，算是打了个招呼。这时，她突然想起店内没有任何背景音乐，过于安静了，便急忙打开了iPod。店内响起了布洛瑟姆·迪莉[1]

1　布洛瑟姆·迪莉（Blossom Dearie，1952—2006），美国爵士乐钢琴家，代表作有《他们说现在是春天》等。

温柔的嗓音。这是她开始经营杂货店之后学到的一个经验：杂货店店主总会在不经意间播放一些符合店内气氛的歌曲。

女顾客随手拿起木勺和马克杯看了看，之后便空手离开了。菊枝心里有些刺痛，仿佛被针扎了一下。虽然无数次目睹过母亲工作时的样子，但她是等到自己成为店主后，才明白母亲的厉害之处的。她再次在心中感慨，母亲果然是个善交际的人，她的人际交往能力是自己望尘莫及的。而这位母亲现在正躺在家里沉迷于外国电影。

她好不容易才拥有这个专属于自己的地方，但总是有陌生人莽撞地闯入。尽管经营店铺的本质就是要迎接这些陌生人，但是菊枝还没有习惯他们的闯入。"这就是我，欢迎你们来观察，然后在你们喜欢的时间离开"——要等她达到这种状态，估计需要很长一段时间。这么想来，那些个人经营的咖啡店或书店店主中，也有不少对顾客十分冷漠或是不擅长与顾客交流的。或许这些店主正是因为不擅长与人交际，才从公司这些大型集团中脱身，经营起自己的店铺的。她一直觉得自己在公司工作的时候很擅长处理人际关系。原来她和这些店主一样，本质上也是不擅长与人交流的人啊，她感慨道。

　　这位男顾客进店时，天色已经开始暗下来了。当时，
菊枝躲在柜台后面，正在打开不锈钢保温杯准备喝口茶。
保温杯性能很好，杯口还冒着白色雾气。菊枝看到客人进
店，十分慌张，蹲在地上一口气喝光了杯里的水。由于喝
得太急，她被呛到了，低声咳嗽起来。好不容易等咳嗽声
平复，她终于站起身来，却看到对面的男子一脸歉意。她
急忙开口，声音嘶哑："您好，有什么事吗？"

　　"啊，不好意思，刚刚好像吓到你了。"男顾客一脸歉
意地向她递出一个厚厚的纸袋。

　　"我是厂方的负责人。因为我们发货失误，给您少寄了
一个盘子，实在不好意思。能麻烦您确认一下吗？"

　　菊枝打开纸袋，从里面取出一个结实的纸盒。打开纸
盒，里面赫然躺着一个可爱的盘子，盘子边缘有漂亮的动
植物手绘图案。菊枝露出了微笑。

　　"好，可以了。我超喜欢这个盘子，看起来很可爱，但
又不会让人觉得发腻。"

　　男子也露出了微笑，开口道："您能喜欢这盘子就太好
了。您的评价我会转达给画师的，他一定会很开心。这次
给您添了这么多的麻烦，实在是抱歉。不好意思，忘记自
我介绍了。"

　　他递出了自己的名片。上面是菊枝在与厂方进行邮件交涉中，在姓名栏里看到过无数次的名字。

　　哦哦，原来他就是裕太先生。

　　菊枝仔细打量起面前的男子。他穿着格纹衬衫和藏青色的西裤，修剪整齐的头发中有几根银色的发丝，看起来十分亲切。因为自己曾对他有过恶意的揣测，面对这个迥异的结果，菊枝反而有些手足无措了。

　　她急忙道"啊，一直承蒙您的照顾"，随即拉开抽屉，从中取出自己的名片递给了他。抽屉发出了哐当哐当声。她已经很久没有跟人交换过名片了。

　　裕太先生从菊枝手里接过名片，脸上带着笑意开口道："每次收到您的邮件我都觉得很有意思，姬路城的菊枝女士，仿佛是阿菊的化身。"话说出口后，他又像意识到了什么一般，急忙解释道："我不是那个意思，您别在意。我平时挺喜欢看灵异故事、怪谈这一类的。"

　　菊枝也笑了起来，说道："没事，从小就有人这么说我。每次学校组织活动去姬路城——姬路城出口那儿不是有个阿菊井吗？其他同学就总是'阿菊''阿菊'地喊着，拿我取笑。"

　　那时候，菊枝因为跟怪谈中的阿菊有着相似的名字，所以经常被周围的人取笑。但是她并不反感此事，甚至会在心里暗暗为自己与阿菊有着相似的名字而感到自豪，因为阿菊受人欢迎。人们从姬路城天守阁[1]下来后总会聚集到阿菊井旁，探头看向井内，兴奋地交谈着些什么。很少有人会目不斜视地路过阿菊井。这么说来，阿菊的确很有人气，阿菊井也拥有能吸引游客绕路前来参观的魔力。她甚至曾因为阿菊井附近竟然没有卖阿菊周边产品的店铺而感到不解。而且，传说中的阿菊井真实存在于她所在的城市，日常和非日常仿佛在此联结起来，她感觉十分新奇。

"我知道的，我也住在姬路。"

"是吗？"

"对，虽然公司在神户。我每天从姬路城去神户上班。把盘子给您后，我就正好直接回家。您叫菊枝，又缺了一个盘子，总是让我想起阿菊的故事。啊，少发给您一个盘子实在是抱歉，我们真的不是故意的。"

裕太先生笑了起来，眼角浮现出温柔的鱼尾纹。菊枝不由得看向他左手的无名指。虽然她心中十分清楚，现在很多人都不愿意佩戴结婚戒指，左手无名指空荡荡的人也不一定未婚。

1　天守阁，日本城堡中最高、最主要也最具代表性的部分，具有瞭望、指挥的功能。

"而且这附近还有供奉阿菊的神社呢，您知道吗？"

"是吗？我第一次听说。"

"住在这附近的人大概不知道这个神社。离这儿不远，是个很小的神社。还立着一块'烈女'石碑，挺有意思的。"

"'烈女'……吗？"

"对，刻着'烈女'，是个挺有意思的地方，之后您要是方便，我带您去看看吧？虽然我们的关系还没到能约您出去的地步，但是我个人很喜欢那儿，也非常希望您能去看一眼。"

"嗯……您说得也是，那下次就麻烦您带路了。"说完，菊枝像是要转移注意力一般，当着裕太先生的面，半开玩笑似的数起了盘子，"一个，两个……"

"三个！四个！五个！……"裕太先生有些激动，跟着一起数了起来。

菊枝笑出了声，模仿故事里的样子继续数着盘子。"六个，七个，八个，九个……"

两人互相看了一眼，不约而同地说道："十个！"

小小的店内充满了两人的笑声。

关上店门之后，菊枝推着自行车，与裕太先生一同向东走去。两人在店内聊得非常开怀，一直聊到了闭店时间。面对这场从天而降的相遇，菊枝努力保持着镇定。她说服自己道，这种相遇可能会发生在任何人身上，也可能会发生在人生的任何一个时间点。

两人走到了商店街的出口。裕太先生向南，菊枝向北，两人挥了挥手就此分别。当然，他们已经约好了下次见面的时间。

菊枝骑着自行车向北。随着她往前行进，姬路城越来越清晰了。城墙上装饰的白色灯光照亮了菊枝仰起的脸庞。菊枝的脸庞红扑扑的。

皿屋敷

以下为本故事落语版本的梗概。

室町时代，大名鼎鼎的细川家发生了一起叛乱。细川家的叛徒青山铁山与细川家的宿敌山名宗全合谋，准备毒杀细川少爷。但他们商讨的过程被女佣阿菊听见了，两人便决定杀她灭口。他们藏起了阿菊负责管理的十个珍贵盘子中的一个，以此为借口将她投入水井之中。因此，每到深夜，阿菊的幽灵便会出现在水井上，开始清点自己管理的盘子："一个，两个，三个……"

据传，番町的皿屋敷（盘子屋）里至今还有阿菊的幽灵出现。要是听到她数到九，人就会发疯死掉；要是听到她数到八，人就会浑身发热。

不离城

富姬望着城下町[1]，她实在是无聊透了。

尽管东西南北四面的窗子都被大网眼网罩给遮上了，但只要登上这里，无论天气好坏，都能将远处的风景尽收眼底。

从南边的窗户看过去，本丸、二丸和三丸[2]之外紧接着就是护城河。越过护城河后，道路就宽广起来。道路的尽头是姬路站。姬路站的远方是连绵的海洋。她已经看腻了这幅画面。远处碧蓝的天空中，工厂的烟雾和云朵交织在一起。富姬伸了个大大的懒腰。

城郭之中充满啪嗒啪嗒的脚步声。这是前来观光的游

1　城下町，以城郭（这里指姬路城）为中心形成的城市。中世（约12世纪末到16世纪中期）时，领主的城馆周围形成的镇一般称"城下"。现在许多城下町已经发展成了地区性的商业城市。

2　在近代城郭（这里指姬路城）中，包含天守阁在内的城郭中心称为本丸。本丸外围紧接着的是城主的住处，被称为二丸。二丸之外是附属家臣等的住处，被称为三丸。

客穿着写有"姬路城"的拖鞋踩踏地面时发出的声音。这个声音似乎没有个停歇的时候，听着就让人提不起干劲。对此，富姬只能尽量避免做出任何评价。

啪嗒啪嗒。啪嗒啪嗒。

啪嗒啪嗒。啪嗒啪嗒。

从城门打开到关闭的这段时间，她每天都被这个声音包围。改建结束之后，这个声音更是密集起来。

现在想来，改建期间实在是清静得很。修理城内的工匠们聚精会神地工作着，城郭的屋顶也只剩下架子，空空荡荡的。少了这份压抑，富姬的心情也愉悦了不少。那段时间，她还造访了妹妹龟姬的住所，时隔许久之后终于散了散心。

走廊中不同的区域，用绿色和红色的交通三角锥和栏杆隔开，上楼的游客与下楼的游客就这样被隔了开来。这样可以有效避免大量游客在城郭内的某一处因拥堵而无法前进。富姬并不否认这个设计的用心，但她仍不满意。来自不同国家的男女老幼，说着不同的语言，用相同的语气赞叹着富姬的城郭，赞叹着从天守阁向外眺望的景色。他们的行动轨迹也十分相似，拍完十分相似的照片后，便立即从富姬眼前消失了。他们辛辛苦苦地爬上陡峭的台阶，又毫不留恋地转头下了楼梯。没有任何人愿意花时间去想象曾经居住在这里的人们的生活。话虽如此，富姬本人也已经无法清晰地回忆起当时生活的细节了。听着游客啪嗒啪嗒的脚步声，她不禁怀疑起自己存在的意义。她甚至想大醉一场。

临近城郭闭门时，游客的数量也逐渐减少了。这时，一个穿着西装的青年出现在楼梯里。在一群游客中，穿着西装的他异常显眼。他仿佛还没有穿惯西装一般，行为举止有些不太自然。虽然富姬也曾看见过几次穿着西装的人登上天守阁，但那几位都是出差路上顺便来姬路城观光的。青年十分礼貌地在柱子旁坐下，朝她行了一个礼后目光笔直地看着她。富姬饶有兴味地打量着他。这还真是稀奇了，她已经很久没有遇到过能看见自己的人了。

他跪走到富姬身边，自我介绍道："初次见面，我是接替汀先生的区域负责人，我叫姬川茂。今天来这里是想向您打个招呼，今后请多多关照。"

"姬川？"富姬目光锐利地扫向这个青年。在此之前，有不少男子被富姬锐利的眼神所震慑，在她面前露了怯。但这个年轻的男子却没有一丝害怕，他避开富姬朝前伸出

　　的腿，跪坐在她面前，动作生疏但认真地递出了他的名片。

　　富姬接过对方递来的白色纸片，有些茫然。

　　这种纸片，真的有必要给她吗？

　　算上上一任汀先生的名片，她已经有两张这样的纸片了。富姬十分中意汀先生。汀先生跟典型的男人不一样，这一点很招她的喜欢。她一直很中意这种类型的男人，他们不随大流，冷眼旁观世人。图书之助也是这种男人。

　　"很久以前有个跟你名字一样的男人来过这里。你们名字虽然一样，模样却天差地别。"

　　青年穿着一身像是从服装卖场买来的西装，尺寸非常微妙，说不上合身，也说不上不合身。他的这身打扮挑不出毛病，却透着一股穷酸气。

　　真可怜。这个想法在富姬的脑海里一闪而过。

　　"真的吗？"青年偏了偏头。

　　"那个人可是拼了命才登上这里的。其他男人也是这样，怀着对我们的恐惧。你别看现在只有我一个人，以前我身边还有许多其他姐妹，她们是最强的。啊，真怀念那时候，那是我们最风光的日子。现在都没有人拼了命登上这里了。都穿着什么叫拖鞋的东西，啪嗒啪嗒地走上这里。你听过那个声音吗？那个拖鞋的声音。啪嗒啪嗒的，烦死了。"富姬语气中透着厌烦，青年皱起了眉。

"您希望我拼命登上这里吗？如果您指的是以拼命的心态登上这里，那我下次来访时会抱着这种心态来这里的。"他郑重其事地说道。

富姬嗤笑道："不是，那时是觉得他这样上来的模样很新鲜，让我觉得自己是特别的存在。而且我们本来就是特别的，所以他这种登场方式看着挺享受的。但现在我已经看腻这一套了，你正常地上来就行。算了，你爱怎么上来就怎么上来吧，随你了。"

青年的神情愈发迷茫起来。"您现在仍然是特别的。汀先生十分担心您，您是不是已经士气大减了？"

富姬一脸不耐烦地瞪着这个全新的姬川。明明老姬川那么合她的心意。要是现在她身处草原，一定会把身边的草连根拔起，扔在他脸上。

"你烦不烦？我又不是没在干活。你知道守城有多累吗？！而且说实话，现在守着城又有什么用？这里已经彻底变成观光景点了！要我在这儿守着有什么用？！"

青年听了富姬的话，再次皱起了眉头。仿佛一个遇到了棘手难题的孩子一般，他向斜上方抬起头，思索了一阵，然后才看向富姬。"不，这里还需要您。保持这个地方的平衡，维持良好的状态是一件很重要的事。我在来到您这里之前去附近散了散步。我发现，无论位于这个城区的哪个位置，抬头都能看到这座城郭。无论何时，抬头就看到这座美丽的城郭，这能让居住在这里的居民十分安心。因此，富姬小姐您现在正在守护这个城区的居民。"

"……你还真能说。"

"嗯。"

富姬一面瞪着这个青年，一面弯曲了向前伸展的腿，坐正了身子。"而且，你说，你是怎么看得见我的。"

新的姬川挠着头，向她解释道："嗯……就是我母亲去世了。自此之后，我身边偶尔会发生一些奇怪的事。这样过了一段时间后，有一天，已经去世的母亲突然出现在我面前。"

"噢，那你还挺厉害的啊。"

青年表情严肃地点了点头。"她说一开始她是想向我父亲复仇。为了吓我父亲，她思考了很久该怎么出场才好，后来她觉得练习出场方式更有趣。她来找我，好像只是想给我展示一下她的练习成果。她现在像个魔术师一样。"

"然后你就能看见我们了？"

"不是的。一开始我只能看见母亲。啊，我母亲是个过分热爱社交的人，所以她总是想把她的幽灵朋友介绍给我。当然我说我看不见幽灵，拒绝过她好几次。结果每次她都一口咬定我一定看得见，就总是带她那些朋友过来，渐渐地我就能看见了……"

"从某种意义上说，是针对有天赋的孩子的特别教育了。"

"是的。"

"汀先生是知道你有这种能力，才把你招进来的吗？"

"不，这是我第一次参加工作。之前我也问了，为什么会雇我这样的人，汀先生说他是凭直觉雇用我的。"

"噢。"

"啊，不过可能是因为我一直都恍恍惚惚的，所以看起来不随大流吧。汀先生说，他不招收顺着时代大流而活的人。"

"噢。"富姬一副看怪人的神情，目光毫不客气地打量着他。他并不因为富姬打量的目光而感到害怕，神情十分淡定。

"那个，差不多到关门的时候了。我今天就是来向您打个招呼，改日再来拜访您。"

新的姬川站起身来。富姬也下意识地跟着站了起来。他的目光扫过南侧的窗户，像是突然想起什么似的，他走近窗户，开口说道："我还想找个时间与阿菊小姐打个招呼。"

富姬顺着青年的目光看过去。阿菊井在二丸，一眼就能望到。井旁围着几个游客，正探身往井中看。游客旁站着一个保安。

"啊，你说阿菊啊。阿菊早走了。"富姬随口说道。

听了她的话，新来的姬川语气十分激动，大声说道："什么？她已经不在了吗？"

富姬夸张地皱起脸，用手指堵住自己的耳朵，以动作向青年表示自己的不满。"她早就走了，大概是昭和五十几年[1]的事了。她那时候还有些担心，专门来跟我谈了这件事。那时我就跟她说，你放心走，我会守着的。"

"原来是这样。但听您说阿菊不在了以后，总感觉有些失落。"

"但你来的时候不是也没发现这事嘛。井还是原来的井。所以从那以后我总是在想，这座城没了我，估计也不会出什么问题。而且我们这种死了的人，也不可能一直怀着执念留在这个世界。什么幽灵会一直徘徊在人世间啊？这些都是活人无凭无据的猜测。阿菊很早就投胎了，现在她啊，喏，就是那儿，她在那儿正跟她的新男友你侬我侬呢！"

1　昭和五十年是1975年，这里指的是1975年至1985年。

　　富姬指向车站的西边。尽管青年明知自己不可能看见阿菊的身影，但还是顺着富姬所指的方向看了过去。

　　"但她好不容易投了胎，却还在那儿数盘子。不知道该不该说她跟盘子有缘，总之，那是个喜欢盘子的女人。"富姬笑着说道。

　　听了阿菊的故事，新来的姬川仿佛觉得十分敬佩，时而看向阿菊井，时而又看向西边。过了一会儿，他又以困惑的眼神看向富姬。

　　"我嘛，还会再坚持一阵子。"感受到青年的目光，富姬下意识地向他保证道，就连她自己都对自己的坦诚有些惊讶。青年听了她的承诺，终于露出了微笑。看到他的微笑，富姬又起了恶作剧的心思，开口道："但要是哪天我觉得实在坚持不下去了，我是不会多留的。"

　　"好的，没问题，到时候我会跟您一起想办法的。"新的姬川点了点头，以十分认真的神情回答道。

　　青年从楼梯离开了天守阁。几个小时后，夜幕降临，这是富姬入睡前例行仪式的时间。

　　天守阁里只剩下她一人了。她在阁中绕了一圈，照例环视了一遍窗外的风景。在一片寂静之中，响起了木床吱呀的声音。她十分清楚。居民楼的灯光、繁华街道上的霓虹灯光，以及没有被照亮的黑夜中的街道——这些都是她的领地。她站在这个散发着白色光芒的城郭中，这也是她的一部分。无论她怎么厌烦，这里都是属于她的领地。

天守物语

《天守物语》为1917年泉镜花所作戏曲，发表在文艺杂志《新小说》上。

姬路城坐落于日本兵库县南方，被誉为日本第一名城，其城郭结构优美，仿佛白鹭展翅，故有"白鹭城"的美誉。相传，白鹭城的第五重天守阁有魔物盘踞，因此无人敢靠近。

那一天，是天守阁的主人富姬与从猪苗代城飞奔而来的妹妹龟姬重逢的日子。侍奉龟姬的妖怪朱之盘坊，将猪苗代城主的头颅作为伴手礼送给了富姬。富姬和侍女们都为这美味的头颅而欢欣鼓舞。而富姬则从猎鹰归来的白鹭城城主一行人手中夺走了城主的白鹰，作为谢礼送给了龟姬。

白鹭城城主对他的鹰匠[1]姬川图书之助说，如果他能上

1　鹰匠，古代日本替主人养鹰的人。

白鹰消失的第五层，就免去他弄丢猎鹰的罪责。于是，深夜，姬川带着赴死之心来到了天守阁。富姬被他的英俊勇敢所打动，两人经历了一系列事情后双双坠入爱河。

给中国读者的信

　　非常感谢大家阅读完这本《幽女出没的地方》。如果这本小说能为您带来哪怕一丝乐趣，我都将感到不胜荣幸。

　　从小，我就非常喜欢阅读怪谈、民间传说、希腊神话这类故事。其中，我最感兴趣的便是在怪谈或民间故事中登场的女性幽灵或怪物。她们生前虽然没有力量，但在化为幽灵或怪物并得到力量之后，便会向逼迫她们致死的凶手复仇。这些令人恐惧的"异类"深深地触动了我的心灵。我在兵库县姬路市长大，姬路市有个叫作姬路城的古城堡。城堡占地面积广，城里的阿菊井便是这本小说的背景地之一。当我得知这个似乎只存在于故事中的阿菊井，真真切切地存在于自己生活的城市时，日常与非日常的界限就变得模糊了。于我而言，这是一种无法用语言描述的奇妙心情。当然，我也为阿菊而感到自豪。

长大后，我对怪谈的热情依旧不减半分。只是当我看到作品中女性的残酷遭遇或是遇害情节时，相较于儿时，我对她们的心疼更甚。因为这时我意识到，这些不仅仅是故事中的情节，更是现实世界中女性处境的折射，还反映了自古以来每个时代的人们对女性的态度。诚然，相较于怪谈诞生当时的社会，现代社会已经有了很大的变化。然而，现年四十多岁的我依旧会与怪谈中的女性产生"共鸣"，或许这恰好说明了一点：21世纪的现代社会中仍然残留着不平等待遇。因此，我执笔写下了这样一部小说，怪谈中的女性与现代社会中的女性跨越了时间的壁垒，携手互助。我想为故事中死去的女人们创造一个能放心活下去的地方。在那里，她们可以唱碧昂丝的歌，也可以在星巴克喝印度拉茶。总之，我希望她们能在那里享受愉快的时光。因此，在执笔《幽女出没的地方》时，我一直询问自己，要创作出一个怎样的故事，我才能为她们感到安心？故而，"乐趣"成了我的关键词，这本《幽女出没的地方》的完稿，于我而言也是一份幸福。本书有幸经译者之手，与中国读者见面，我的荣幸更甚。祝我的读者们事事如意，日日顺遂。

松田青子

2022 年 3 月

毛发的力量

小雏

嫉妒

幽女出没的地方

葛叶的一生

她能做到的事

更科之队

榎木的一生

菊枝的青春

不离城

图书在版编目（CIP）数据

幽女出没的地方 / （日）松田青子著；陈晓淇译
. -- 北京：九州出版社，2022.9
ISBN 978-7-5225-1054-5

Ⅰ. ①幽… Ⅱ. ①松… ②陈… Ⅲ. ①短篇小说—小
说集—日本—现代 Ⅳ. ①I313.45

中国版本图书馆CIP数据核字(2022)第119511号

Obachan tachi no irutokoro-Where The Wild Ladies Are
Copyright ©2016 by Aoko Matsuda
Chinese translation rights arranged with the Author through Fortuna
Co. Ltd. Tokyo, Japan
著作权合同登记号：图字01-2022-4832

幽女出没的地方

作　　者	［日］松田青子　著　陈晓淇　译
责任编辑	李　品　周　春
出版发行	九州出版社
地　　址	北京市西城区阜外大街甲35号(100037)
发行电话	（010）68992190/3/5/6
网　　址	www.jiuzhoupress.com
印　　刷	河北中科印刷科技发展有限公司
开　　本	787毫米×1092毫米 32开
印　　张	9.875
字　　数	164千字
版　　次	2022年9月第1版
印　　次	2022年9月第1次印刷
书　　号	ISBN 978-7-5225-1054-5
定　　价	78.00元